ちくま文庫

同日同刻

太平洋戦争開戦の一日と終戦の十五日

山田風太郎

筑摩書房

まえがき

太平洋戦争に関する本はすでにおびただしいものがあるけれど、やはりあれは日本歴史上、仏教伝来とか蒙古襲来とか開国維新とかいう事件とは比を絶する大事件であって、いくら語っても語りつくせぬ戦争であると思う。

これもその一つだが、それを語る手段として、私は当時の敵味方の指導者、将軍、兵、民衆の姿を、真実ないし真実と思われる記録だけをもって再現して見たい。しかも、同日、できれば同刻の出来事を対照することによって、戦争の悲劇、運命の怖ろしさ、人間の愚かしさはいっそう明らかに浮かびあがるのではなかろうか、と考えた。

太平洋戦争には限らない、いつの時代でも、またかりに日本国内だけに限っても、何千万かの人々が一人一人さまざまの軌跡を描いているのを天上から俯瞰《ふかん》すれば、それは無限の興趣を起させる一大曼陀羅図《まんだらず》であるにちがいないが、しかし他の時代はそれがあまりにまとまりのない千姿万態で、常人の眼には、一つの構図としての印象を与えられることがむずかしい。

その点、太平洋戦争は、日本人ひとり残らずが、好むと好まざるにかかわらず、あえて指導者といわず、神か悪魔かの一本の指揮棒によって動かされることを、なんびともまぬかれなかった怖るべき時代である。——それでも、さまざまの記録を読むと、人々は千姿万態の様相を見せている。

ただし、いうまでもなくそれらの記録は厖大《ぼうだい》なものであり、この本では、戦争の最初の一日と最後の十五日間に限らざるを得なかった。それでも、それぞれのただ一日のことを書いても、それは無限に近いだろう。

そこで私は、私が最も運命的な事件、または象徴的な挿話と思った記録だけを採録し、圧縮し、配列して見たが、自然と劇的な対照を示している日もあり、そうでない日ももちろんある。そうまく出来ていない日があっても、それが地球上の実相だからやむを得ない。

作家の記録が比較的多いのは、職業上、彼らが結果的に民衆の「語りべ」の役を果しているからである。

引用、抜萃《ばっすい》ないし参考にさせていただいた諸著に対して厚く謝意を表します。

山田風太郎

目次

同日同刻

太平洋戦争開戦の一日と終戦の十五日

最初の一日——昭和十六年十二月八日——

陛下、悲劇的事態は進展しつつあり……

午前零時―午前一時

昭和十六年十二月八日、午前零時。

六隻の空母をふくむ南雲《なぐも》機動部隊は、ハワイ北方の予定地点を目前に、枚《ばい》をふくんで迫りつつあった。夜はまだ明けず、ただ十三・四メートルの北東の風が闇夜に凄愴《せいそう》な怒濤《どとう》を砕いていた。

千島エトロフの単冠湾《ひとかつぷわん》を出撃した日を入れて十三日目。

第八戦隊の巡洋艦「利根」にあった藤田菊一首席参謀は書いている。

「夜来最も懼《おそ》れ且《かつ》警戒せる行遭船《ゆきあい》もなし。天佑《てんゆう》に依り隠密《おんみつ》接敵完全に成り、待望の朝を迎う」[1]

1　朝雲新聞社『防衛庁戦史室「ハワイ作戦」

同じ午前零時、マレー半島コタバル沖に迫った日本軍の輸送船団は、上陸用舟艇を海上に下ろし始めた。ここもまた北東十五メートルの強風が吹いて船体の動揺はげしく、佗美《たくみ》支隊長の乗った淡路山丸では、起重機が最初の大発（大型発動機艇）を吊《つ》りあげた際、鋼索が切れて大音響とともに甲板上の高速艇の上に落下した。その音響とともにマレー上陸作戦の幕は切って落されたのである。[2]

同じ時刻、駐日アメリカ大使ジョセフ・C・グルーは、ルーズベルト大統領から天皇への超緊急の親電を受け取って、車で外相官邸に乗りつけた。この親電は、実は前日の正午中央電信局に入っていたものであったが、陸軍参謀本部通信課の戸村盛雄中佐によって、故意にグルー大使にとどくのを遅らされて、前夜十時半にやっと渡され、それから暗号の解読にかかったのでその時刻になったのである。[3]

零時十五分、グルーは東郷外相に会い、大統領の親電を読みあげた。

「大日本天皇陛下。

ほとんど一世紀前に合衆国大統領は日本天皇に親書を送り、合衆国国

2　原書房＝陸戦史研究普及会「マレー作戦」

3　雄松堂＝「極東国際軍事裁判速記録」

民の友情を日本国民に提出しましたが、この提供は受入れられ、それにつづく完全な平和と友情の長い期間を通じて、両国はそれぞれの国民の徳性と支配者の叡智《えいち》によって繁栄し、人道に貢献するところがありました。

　両国にとって異常な事態が起るにあらずんば、私は陛下に関するメッセージをお送りする必要はありません。今、私は深甚にしてその及ぶところ広大なる非常事態が形成されつつあるらしいので、陛下に一書を呈すべきだと感じます。

　今や太平洋地域でわれら両国の国民と全人類から、われら両国間の長い平和がもたらした有益な効果を奪い去らんとするがごとき事態が進展しつつあります。かかる進展は悲劇的な可能性を持つものであります。

……」

　という文章に始まり、

「私は、陛下と私が、世界にこれ以上の死と破壊を持ち来すことを防止する神聖な義務を持つことを確信いたします」

という文章に終るものであった。[4]

4　毎日新聞社＝ジョセフ・C・グルー「滞日十年」

東郷外相は、この親電はこれまでの日米交渉の条件に何ら触れるところがなく、ルーズベルトが最後に口をぬぐっていうきれいごとを、ただ記録に残そうとするためだけの文書であると断定した。[5]

グルーはみずから直接天皇にこれを渡したいといって謁見を希望した。東郷は、それは宮内省と打合せる必要があるから、ともかく自分から速かに上聞に達しようと答えて、メッセージの写しだけ受け取ってグルーをひきとらせた。零時半であった。

それから内大臣木戸幸一に電話した。

「深夜であっても、緊急の場合、大臣が謁見をたまわることは差支えない。ただちに手配し、私もこれから参内しましょう」

と、木戸内相は答えた。零時四十分であった。

日本時間で八日午前零時は、アメリカ東部標準時では七日午前十時にあたる。

前日東郷外相から順次発せられ、十四部に分けられた対米最後通告の第十四通目がその朝、ワシントンの日本大使館に配達されたが、前夜館員たちは同僚の南米転任歓送のパーティーに酔い疲れて、至急呼出しを

5　改造社＝東郷茂徳「時代の一面」

かけたがなかなか集まらず、五人の電信課員が登庁したのはやっと十時であった。

十時から暗号文が解読されはじめた。

アメリカ首脳部はその時刻以前にすでに日本の最後通告を傍受し「マジック」と名づけられた秘密諜報《ちょうほう》機関でそれを解読していた。まだ第十四部は判明していなかったが、それを待つ必要があったろうか？前夜にホワイトハウスでこれを読んだ大統領顧問ハリー・ホプキンズは、ルーズベルトに、今のうちに予防措置をとるべきだ、といった。ルーズベルトは答えた。

「その必要はない。民主主義のためにいい記録を残すように、事態の進展を待たなければならない」[6]

そしてこの日午前七時半には、その第十四部も解読されていた。

「仍《よっ》テ帝国政府ハ玆《ここ》ニ合衆国政府ノ態度ニ鑑《かんが》ミ、今後交渉ヲ継続スルモ妥結ニ達スルヲ得ズト認ムルノ外ナキ旨ヲ合衆国政府ニ通告スルヲ遺憾トスルモノナリ」

---

6 読売新聞社＝A・C・ウェデマイヤー「ウェデマイヤー回想録」

解読したものを読んだ陸軍情報部極東課長ブラットン大佐は、日曜なので自宅にいるマーシャル参謀総長に急報した。マーシャル参謀総長はいつもの日曜の日課の通りに、バージニアの田舎へ乗馬で散歩に出かけたあとであった。そして、いつもより遅く十時二十五分帰宅して、ブラットン大佐の電話の件をきいたが、あわてることもなくシャワーを浴びた。

十時二十分ごろ、さらに暗号は解読された。

「本件対米通告ハ貴地時間七日午後一時ニ米国務長官ニ貴大使ヨリ直接手交アリタシ」

海軍通信課長クレイマー少佐もスターク海軍作戦部長に急報した。スターク作戦部長はいったん電話に手をかけたが、

「いまハワイは何時か」

とたずね、

「午前五時です」

という返事をきくと、

「それではキンメルはまだ眠っているだろう」

といって、受話器を置いた。[7]

皇国ノ興廃此一戦

午前一時―午前二時

午前一時。――ハワイ沖では午前五時半。

まだ日の出には一時間近くあるが、東方の水平線には渺《びょう》と蒼白い光が流れかけていた。正確に午前一時、南雲機動部隊の「利根」と「筑摩」は、それぞれ零式水上偵察機を一機ずつカタパルトから射出した。ハワイ海戦の火ぶたは切って落されたのである。

ハワイ時間六時、オアフ島の北方約三百六十キロの予定地点に達した六隻の空母から飛び立った百八十三機の第一次攻撃隊は、機動部隊の上空で集合した後、六時十五分、ハワイめがけて進撃を開始した。

風速十五メートルの烈風に「皇国ノ興廃此一戦ニアリ」のZ《ゼット》旗はひるがえり、見送る将兵はちぎれるほど帽子を振って万歳を絶叫した。

7　毎日新聞社＝ジョン・トーランド「昇る太陽」

利根の藤田参謀は書いている。

「荒鷲群一機又一機暁の空に進発す。ほどなく進撃隊形を整え、無慮百八十機の大群南方遠く雲間に没す」[1]

マレー、コタバル沖では一時半、日本軍上陸用舟艇は編制を終り、約五千の将兵はいっせいにコタバルめがけて発進を開始した。陸まで四、五百メートルの位置で、ようやく日本軍の進攻に気づいた濠印混成の五千五百の守備隊の打ちあげた赤色信号とともに機関銃砲火の一斉射撃を受け、海岸一帯は爆煙と水煙に天地晦冥《かいめい》となった。太平洋戦争における初弾は英軍から放たれたのである。

瀬戸内海柱島基地にある連合艦隊の旗艦「長門」では、夜半過ぎたころから幕僚の大部分が三々五々作戦室に集まって来た。しかし作戦室には無人の静けさがみなぎり、長い不安な時間が経過した。連合艦隊司令長官山本五十六は、奥の大机の前の椅子にかけて、じっと眼をつぶっていた。[2]

東郷外相はグルー大使から手交された大統領親書を翻訳させると、参内に先立って首相官邸に東条首相を訪ねた。東条は、説明をきいてから

1 朝雲新聞社＝防衛庁戦史室「ハワイ作戦」

2 新潮社＝阿川弘之「山本五十六」

たずねた。

「それでルーズベルトは何か譲歩して来たのですか」

「いや、何も新味はありません」

と、東郷が答えると、東条はいった。

「それじゃあ何の役にも立たんじゃないですか」

そして、外相が参内して上奏することには異論はないといい、東郷が辞去するとき、

「夜中、お騒がせして恐縮です」

と挨拶《あいさつ》すると、東条はいった。

「その電報がいまごろ着いてよかったですよ。もう一、二日早く着いていたらまた一騒ぎになったかも知れん」

そして、時計を見て、微笑していった。

「もう海軍の機動部隊の飛行機は母艦から飛び立っている時刻ですな」[3]

一時を期して、放送局の海外向け短波放送は、情報局の指令により、ニュースとニュースのあいだに「西の風晴、西の風晴」という言葉をはさみはじめた。それは全世界の日本在外公館に対して「重要書類はすべ

3　改造社＝東郷茂徳「時代の一面」

て焼き捨てよ」という暗号であった。[4]

日本時間八日午前一時は、ワシントンでは七日午前十一時である。

このころ日本大使館では、外相からの「午後一時に覚え書を国務長官に手交せよ」という訓電の部分を解読した。野村大使はただちにハル国務長官の私邸に電話をかけ、午後一時会見方《かた》を申し入れた。国務長官はいったん、自分は午餐《ごさん》の先約があるから、用件はウエルズ次官に話してもらいたいと返事をしたが、しばらくしてやはりその時間に会見に応じようといって来た。

日本大使館では、奥村書記官がなお覚え書のタイプをつづけていた。しかし奥村書記官はタイプの専門家ではなく、ただ館員以外の人間にタイプさせてはならぬという東京からの命令でやむなく彼がタイプしていたので、誤字脱字が多く、それを訂正しつつ進める作業はなかなかはかどらなかった。第十四通目はまだ解読されていなかった。

同じ時刻、米国首脳は、日本大使館より先に解読した日本の覚え書の中の「午後一時」という意味について論じ合っていた。スチムソン陸軍長官は書いている。

4　人物往来社〈近代の戦争・中〉大畑篤四郎「太平洋戦争」

「ノックス海軍長官と私は、十時半にハル国務長官と会談し、昼食の時間まですべての問題を討議した。ハルは、日本が何か悪業を計画しているといい、広い地図を見せながら意見を述べた」[5]

マーシャル参謀総長も十一時には陸軍省に登庁し、日本の回答は午後一時に国務長官に手交されるはずだということを知り、このことを太平洋各部隊に警告すべきだという参謀部の意見に同意して、その旨スターク作戦部長に電話した。

しかしスターク作戦部長はまだ同意をためらっていた。日本の奇襲攻撃の切迫と可能性についてはこれまでにいくども太平洋の各現地司令官に警報ずみであり、いま改めて新警告を発することはかえって現地を混乱させるだけだ、それに「狼が来る」を何度も繰返してはいけない、と判断したのである。[6]

彼らはすべて、午後一時に日本が太平洋のどこかで何らかの敵対行動を起すということに意見が一致した。しかし、それがハワイだとはだれ一人想像もしなかった！

この間、百八十三機の日本海軍航空隊はオアフ島めざして殺到しつつ

5　毎日新聞社＝〈太平洋戦争秘史・中〉「ヘンリー・L・スチムソンの日記」

6　キットレッジ「米国の防衛政策及び戦略一九四一年」

あった。母艦から飛び立って約一時間半の航程であった。

敵艦隊真珠湾ニアリ

午前二時—午前三時

日本時間午前二時はワシントンでは正午である。マーシャル参謀総長から勧告を受けたスターク作戦部長は、思い直して太平洋地域各司令官に警告を発した。正午過ぎ一分であった。

「日本側は最後通告ともとれるものを本日午後一時に提出せんとしている。また日本側は暗号機械をただちに破壊するように命ぜられている。この時間が何を意味するか不明であるが、とにかく警戒配備をとれ[1]」

しかしこの警告はハワイには普通電報で送られ、約三十分後、ハワイ時間で午前七時に受信されたが、司令部には日本軍の空襲が終ったあとに配達された。[2]

そのハワイでは、午前六時四十五分（日本時間午前二時十五分）駆逐

1　キットレッジ「米国の防衛政策及び戦略一九四一年」

2　改造社＝サミュエル・E・モリソン「太平洋戦争アメリカ海軍作戦史」

艦ウオードが、修理船アンタレスにくっついて真珠湾口を潜入しようとしていた潜水艦らしいものを発見して、爆雷を投下した。——それは三時間も前に、特設掃海艇コンドルが湾口外二浬《かいり》の地点で潜望鏡を発見して、それ以来捜索中のものであった。真珠湾でも、その初弾はアメリカ側から放たれたのである。

それはハワイ時間で前夜午後十一時ごろ、真珠湾口から十三キロの地点に浮上した五隻の日本潜水艦から放たれた五隻の特殊潜行艇の中の一隻であった。

六時五十一分に、ウオードは「われわれは、われわれの防衛水域で活動中の敵潜水艦に対して水中爆雷を投下した」と報告した。これを受信した第十四海軍区の下士官はこの暗号の解読に手間どり、当直士官ハロルド・カミンスキー少佐がこれを受取ったのは七時十二分。さらに太平洋艦隊司令長官キンメル大将がこれを知ったのは、日本空軍の爆弾が頭上から落下しはじめたときであった。[3]

六時四十五分に、オアフ島のオパナ・レーダー基地に勤務していたジョゼフ・ロッカードとジョージ・エリオットという二人の兵士が、レー

3　改造社＝サミュエル・E・モリソン「太平洋戦争アメリカ海軍作戦史」

ダー・スクリーンに現われた一目標を見た。あとになって判明したところでは、それは日本軍の偵察機の一機であったと思われるが、二人はこれを重要なものとは見なさず、報告もしなかった。七時にレーダーはまた北方二〇〇キロに編隊と思われるものを映し出した。二人はこんどはこれを空襲警報センターに報告した。しかし当直の若い将校カーミット・A・タイラー海軍大尉は、これをカリフォルニアから到着予定のB17であろうと判断して「了解、了解」と答えて受話器を置いただけであった。同時に真珠湾の運命も受話器に封じ込まれてしまった。[4]

午前二時四十分過ぎに、宮中に参内した東郷外相は待ち受けていた木戸内相と会って、大統領のメッセージの内容を話した。

「そんなものでは駄目だね」

と、木戸はにべもなくいい、それから聞いた。

「東条首相は何といっていますか」

「あなたと同じですよ」

と、東郷は答えた。

そのうちに拝謁の時間が来たので、迎えの舎人《とねり》に案内されて、東郷は

---

4 サンケイ出版＝A・J・バーカー「パール・ハーバー」

さなきだに清浄の気の漲《みなぎ》っている深夜の宮殿の数丁にわたる長廊下を粛々と進んでいった。そして、天皇の前で大統領の親書の全文を読みはじめた。

「四海同胞と思召《おぼしめ》す気宇の間に毅然たる態度を持せらるる陛下の風貌に接して感激に打たれた」

と、東郷は書いている。[5]

ワシントンの日本大使館では、奥村書記官がなお対米覚え書のタイプに苦闘していた。しかも「……合衆国政府ニ通告スルヲ遺憾トスルモノナリ」という覚え書の最後の部分、すなわち十四通目がやっと解読されて書記官室にとどけられたのは午後零時半ごろであった。焦燥のため、タイプはいよいよ自由に働かなくなった。

この間、野村大使と来栖《くるす》大使は身支度をして、何度も何度も書記官室に顔を出し、まだかまだかとせきたてていたが、とうてい約束の一時には間に合わないと判断せざるを得なくなって、いそぎハル国務長官に、訪問は少し遅れるかも知れぬと電話させた。

5　改造社＝東郷茂徳「時代の一面」、東京大学出版会＝「木戸幸一日記」

マレー、コタバルでは二時十五分、第一次上陸部隊が陸にからくも取りついたが、敵の砲火は猛烈をきわめ、沈没する大発から兵は投げ出され、二メートルの大波に巻かれつつ陸岸にたどりつき、また引き波にさらわれて沖合に運び去られるという苦闘をつづけていた。上陸成功の合図はまだ発せられなかった。

二時四十五分、ハワイ北方海面の南雲機動部隊は、第二次攻撃隊一六七機を発進させた。

第一次攻撃隊は飛翔《ひしょう》をつづけていた。その先頭第一機には白鉢巻をしめた隊長淵田美津雄中佐が搭乗していた。彼は書いている。

「編隊群は高度三千メートルで密雲の上を飛んでいる。東の空に、昇ったばかりの真っ赤な太陽が荘厳にかがやいている。下に見えるのは真綿をちぎって敷きつめたような白一色の漠々たる雲海のみであった」[6]

三時に彼らは、オアフ島北端のカフク岬を遠望した。そのとき、先に飛ばせた筑摩の偵察機からの打電が入った。

「敵艦隊真珠湾ニアリ。戦艦一〇、甲巡一、乙巡一〇」[7]

6　淵田美津雄「真珠湾上空の六時間」

7　朝雲新聞社＝防衛庁戦史室「ハワイ作戦」

全軍突撃セヨ

午前三時―午前四時

午前三時過ぎ、天皇に報告を終えた東郷外相は、三時十五分宮中を退出した。彼は書いている。

「坂下門外御車寄せで燦《さん》たる星辰《せいしん》を仰ぎ、灝気《こうき》に浴した感があったが、さらに宮城前の広場で深夜の帝都は自分の飛ばす砂利の音以外は何一つ聞えず、深い静寂の裡《うち》にあって、数刻の後には世界歴史上の大事件の起るべきを思い、種々の感想に打たれた」[1]

三時はハワイでは七時半であった。真珠湾にはしずかな朝靄《あさもや》がたちこめていた。

戦艦八隻をふくむアメリカ太平洋艦隊は、ほぼ二列にならんでフォード島の岸壁に碇泊《ていはく》していた。飛行場の飛行機は子供部屋の玩具のように

1　改造社＝東郷茂徳「時代の一面」

きちんとならべられていた。

日本海軍航空隊は突如出現した。七時四十九分、隊長淵田中佐は、味方の爆撃機が急降下を開始するのを見るや後席の電信員をふりかえって、ト連送を命じた。すなわち「全軍突撃セヨ」。

つづいて、七時五十三分、打電した。

「トラトラトラ。……」――「ワレ奇襲ニ成功セリ」

第一波の雷撃と爆撃は、八時半ごろに終了した。その間約四十分、オアフ島は火炎と黒煙と轟音に包まれた。

太平洋艦隊司令長官キンメル大将は、ようやく駆逐艦ウオードからの潜水艦発見報告を受けて電話中であった。そのとき「日本機がパールハーバーを攻撃しています」と下士官がさけびながらころがりこんで来た。受話器を投げ捨ててマカラパハイツの庭に走り出たキンメルの見たものは、麾下《きか》の艦隊に襲いかかる日本機の大群と爆弾の炸裂《さくれつ》する凄愴《せいそう》な光景であった。

日本機攻撃の三分後には、すでに悲鳴のような電報が平文で発せられていた。

「エアレイド・パールハーバー・ノードリル」――「真珠湾空襲、演習にあらず」

三月から、ホノルル総領事館員森村正として、刻々真珠湾在泊のアメリカ艦隊の動静について報告していた日本海軍の諜報課員吉川猛夫は、朝食のパパイアを一さじ二さじ食べかけたとき、ズシーンズシーンと腹までひびく音響をきき、庭に走り出た。そして真珠湾上空に巻きあがる黒煙の中に日の丸の翼をひろげて飛ぶ機影を見た。

彼は庭をつっ切って官邸に走った。そこへ喜多総領事も出て来た。

「あれが日本機かね、おお、やっとる、やっとる。……」

喜多総領事は涙を浮かべて吉川の手を握った。

「森村君、とうとうやったね」

「やりました、やりました」

吉川も天を仰いで、涙を流しながら総領事の手を握り返した。[2]

南雲機動部隊の旗艦赤城では、トラトラトラにつづく「ワレ敵主力ヲ雷撃ス、効果甚大」という攻撃隊からの打電が電信室から拡声器で伝え

2　講談社＝吉川猛夫「東の風、雨」

られたとき、南雲長官以下、すべてがにこっとした。

この奇襲の計画者源田実中佐は、それまでむしろ心は真空状態であった。ぽかんと穴のあいたような頭にチカチカとまばゆい光がまたたき、胸を吹きぬけてゆく風を感じているだけであったが、この報告をきいたとき、吐息をついて呟《つぶや》いた。

「やはり、これはやってよかった」[3]

そのときの感動を「利根」の参謀藤田は書いている。

「快なる哉《かな》、敵はついに覚《さと》らざりしなり。覚えたかアメリカ、三十余年積怨《せきえん》の刃《やいば》は汝の胸に報いられんとするを。まず匕首《あいくち》直ちに敵の心臓を衝《つ》く雷撃は開始せられたり」[4]

瀬戸内海の連合艦隊の「長門」艦上では、先任参謀の黒島亀人が、

「そろそろ始まるころだが」

と、呟いて壁の時計を見あげ、部屋の中がざわめきかけたとき、司令部付通信士が「当直参謀、ト連送です！」とさけびながら駈け込んで来た。

3　文藝春秋新社＝源田実「海軍航空隊始末記」
4　朝雲新聞社＝防衛庁戦史室「ハワイ作戦」

山本は大きく眼を見ひらき、口をへの字に結んで、黙ってうなずいた。作戦室のラジオにも、アメリカの平文電報が直接流れ込んで来た。その中の「Jap this is the real thing」――コレハホンモノナリというのを聞いたとき、山本が一瞬ニヤリとするのが見えた。[5]

しかし山本長官には一種沈痛の気あり、艦隊司令部作戦室の空気は案外冷静であった。[6]

米海軍第八機動部隊ウイリアム・ハルゼー中将は、ウエーキ島からハワイに向っていた。彼の乗艦している空母エンタープライズは、重巡三、駆逐艦九を率いて、ウエーキ島にグラマン戦闘機部隊を送りとどけての帰路、ハワイへあと数時間の距離であった。

ハルゼーは艦隊副官モールトン大尉と朝食を終り、二杯目のコーヒーに口をつけたとき電話があって、大尉が受話器をとったが、すぐにふり返っていった。

「司令官！　当直参謀が、真珠湾空襲中との電報を受け取ったそうです」

5　新潮社＝阿川弘之「山本五十六」

6　朝雲新聞社＝防衛庁戦史室「ハワイ作戦」

　ハルゼーは飛びあがった。

「チクショー、味方撃ちをやったな、キンメルにそう言え！」

　彼はその朝六時、エンタープライズから発艦先行させた十八機を、パールハーバーの防空砲台が間違えて撃ったものと思ったのだ。

　そのとき通信参謀ドウ中佐が入って来て、一通の電報を手渡した。

「真珠湾空襲中、演習にあらず！」

　八時十二分であった。ハルゼーはただちに総員が戦闘部署につくことを命じた。[7]

　日本時間で午前三時五十分は、ワシントンでは午後一時五十分であった。日本大使館ではようやくこの時間に覚え書の全文のタイプを打ち終った。大使館の玄関で待ち受けていた野村、来栖両大使は、タイプした覚え書を持って、国務省めがけて車を出した。[8]

　同じ一時五十分、スターク作戦部長と会談していたノックス海軍長官は、キンメル提督からの至急報を受け取った。

「真珠湾は空襲を受けつつあり」

7　毎日新聞社＝〈太平洋戦争秘史・中〉ウイリアム・ハルゼー「ハルゼー提督物語」

8　ハンドブック社＝塩原時三郎「東条メモ」

真珠湾の空襲が開始されてから約三十分後であった。ノックスはさけんだ。
「そんなバカなことのあるはずがない！　ハワイではなく、フィリピンの間違いではないか！」
それが事実であることが確かめられると、ノックスは直ちに大統領に電話で報告した。[9]
大統領は顧問のホプキンスとともに昼食中であった。ホプキンスはいった。
「これは何かの間違いでしょう。日本軍がパールハーバーを攻撃出来るはずがありません」
ルーズベルトはいった。
「いや、日本人はこういう思いがけないことをやるやつなんだ」[10]
大統領は落着いていて、重い荷物をやっと下ろした人間のように見えた、とホプキンスは語っている。[11]
コタバル上陸作戦は、三時半ごろ敵機二機が現われて、各輸送船は被

9　キットレッジ「米国の防衛政策及び戦略一九四一年」
10　毎日新聞社＝ジョン・トーランド「昇る太陽」
11　時事通信社＝ジェームス・バーンズ「ルーズベルトと第二次大戦」

爆し、炎上し、海から陸へかけて、死闘はいよいよ凄惨を極めていた。

このくそ野郎、しょんべん蟻めが！

午前四時—午前五時

午前四時——ワシントンでは午後二時、野村大使と来栖大使はようやく国務省についた。

ハル国務長官は、対日交渉で彼を助けたジョセフ・パランタインと話していたが、日本の大使が到着したことを知ってパランタインにいった。

「彼らの目的は明白だ。われわれが十一月二十六日に渡したノートを拒否するのだろう。あるいは開戦を宣言したいのかも知れない。あまり会いたくないな」

そのとき、大統領から電話がかかって来て、乱れてはいなかったが、早口で、日本軍が真珠湾を攻撃中であるというニュースを知らせた。

ハルは、日本大使がいま国務省に到着して待っているところだといった。

「それでは、このことは知らない顔をして、ただ鄭重《ていちょう》に追い返せ」

と、ルーズベルトはいった。

ハルは、二十分ほど待たせたのち、両大使を呼び入れた。二人は入って来た。ハルは椅子をすすめもしなかった。野村はおずおずと、「政府から午後一時にこの文書を手渡すように訓令されていたのだが、電報翻訳に手間取って遅くなった」と弁解しながら、日本政府の通告を手渡した。

ハルは冷ややかに野村を見すえていった。

「最初の会見時間を午後一時に指定したのはどういう意味ですか」

「私にも分らないのですが、政府の訓令でした」

と、野村は答えた。

ハルは手渡された通告に目を通すふりをしていたが、内容は読まないでもわかっていた。しかし、それが分っているということを——日本の暗号はすべて事前に解読していることを相手に気取《けど》らせてはならなかった。そこで大急ぎで目を走らせてから、野村の方を見ていった。

「はっきり申しあげるが、私は過去九カ月間のあなたとの交渉中一言も嘘《うそ》をついたことはありませんでした。私は五十年間の公職生活を通じて、これほど恥知らずな、虚偽と歪曲《わいきょく》に満ちた文書を見たことがありません。こんな大がかりな嘘とこじつけをいう国がこの世界にあろうとは夢想もしていませんでした」

野村の表情は平静であったが、大きな激情に襲われていることは明らかであった。彼が何かいいたげな様子になったのをハルは制して、あごをしゃくってドアの方をさした。

二人の日本大使は何もいわないで、頭をたれたまま出ていった。[1]

二人が出てゆくと、ハルはテネシー訛《なま》りで罵《ののし》った。

「くそ野郎、しょんべん蟻《あり》めが！」[2]

しかし、野村大使は、実際にまだ真珠湾攻撃を知らなかった。すべてを知っていて、知らない顔をして相手の虚偽を責めるハルの方が、人間としては虚偽の化身であったといってよいのではあるまいか。

ルーズベルトは、ハルにつづいてスチムソン陸軍長官を電話に呼び出した。

1 朝日新聞社＝コーデル・ハル「回想録」
2 毎日新聞社＝ジョン・トーランド「昇る太陽」

「君はニュースを聞いたか」

と、ルーズベルトは上ずった声でいった。スチムソンはいった。

「日本軍がシャム湾に向って進みつつあるという報告は受けましたが」

「ちがうよ、わしのいっていることはそれじゃない。日本軍はパールハーバーを攻撃したんだ！」

スチムソンは驚愕《きょうがく》したが、次にやって来たのは、無決定状態がこれで終ったというほっとした感じであった。

彼は書いている。「こうなればもう国民を団結させる上に心配すべきものは何もないと言える。これまでの非愛国的な連中の冷淡と分裂は憂慮すべきものがあったが、それは跡かたもなく消し飛んだ。私は驚きから落着きをとり戻したとき、勝利の自信に満たされた。ハワイの部隊が日本軍に大打撃を与えたろうと考えたからである。

日本が大成功をおさめたことを知ったのは、その日の夕方になってからであった」[3]

二時二十八分には、スターク提督がルーズベルトに電話をかけて来て、「日本軍の攻撃は猛烈であり、味方の損害は甚大である」と報告した。

3　毎日新聞社＝〈太平洋戦争秘史・中〉「ヘンリー・L・スチムソンの日記」

二人の大使は大使館に帰って来た。来栖の部屋に入って来た磯田陸軍武官は涙をたたえて慰めの言葉をかけた。それまでの長い日米交渉の苦労を知る者の涙であった。[4]

すでにこのころ——二時二十三分には、「日本軍、真珠湾を攻撃す」という臨時ニュースの第一報がアメリカに流れていた。最初の驚愕から醒《さ》めると、アメリカ人の間に怒りが爆発した。

「この黄色い野郎どもが！」

反応は同一であった。

「ジャップの出っ歯をいやというほど叩きのめしてやれ！」[5]

ワシントンの午後二時は、ハワイの午前八時半であった。

その時刻、日本航空隊の第一波は去った。が、約三十分たった九時過ぎから入れ替りに第二波一六七機が来襲した。そしてそれは十時前までつづいた。第一波一八三機の未帰還機は九機であったが、第二波一六七機のときの犠牲は二十機に上った。最初の混乱期の後、アメリカ側が思いのほか迅速に反撃に移ったことを物語っている。

4　文化書院＝来栖三郎「泡沫の三十五年」

5　人物往来社＝L・スナイダー「ワルシャワから東京まで」

九時十五分（日本時間午前四時四十五分）ごろから、第一次攻撃隊は順次母艦に帰投しつつあった。帰って来た一搭乗員は、感にたえたように報告した。「オアフ島は、まったく模型の通りでありました！」キンメルが腰をぬかしているのが見えたよ、といって、みなの腹を抱えさせた者もあった。[6]

マレー、コタバルではなお激しい戦闘ののち日本軍は逐次上陸をつづけつつあり、一方、タイ領シンゴラにも、午前四時前から別の輸送船団が無抵抗のうちに上陸を開始した。沖合の輸送船の一隻竜城丸には、軍司令官山下奉文中将があった。

午前四時には、シンガポールは第一回の爆撃を受けた。空襲したのはサイゴン基地の海軍航空隊十七機で、このときシンガポールはまだ戦争勃発《ぼっぱつ》を知らず、全市煌々《こうこう》と電気をつけたままであった。

午前四時ごろ、海軍省の報道部に泊り込んで眠っていた報知新聞記者田口利介は、消えていた電灯があかあかとついているのに気がついては

6　河出書房＝淵田美津雄「真珠湾攻撃」

ねて起きると、報道部の平出英夫大佐が軍服のまま椅子に坐っているのを見た。

「さて、いよいよ始まったよ」

と、静かにいった。

「どこで始まったのですか」

「ハワイ。――」

田口記者は驚倒した。

「それで、戦果は？」

「まだわからない。第一次攻撃隊の、ワレ奇襲ニ成功セリという電文と、全軍突撃セヨという電文の二本をキャッチしただけだ。しかし、成功したのはたしかだ」

しばらくして平出大佐は、自宅の母を電話に呼び出した。

「もしもし、おばあちゃん？　とうとうアメリカと始まったよ。ハワイで大海戦が始まりましたよ。ええ、大丈夫、大勝利ですよ。おばあちゃんだけには知らそうと思って、それじゃ、お休みなさい」

大佐の眼には微かな涙があった。[7]

7　富士書苑＝「秘録大東亜戦史・海軍編」

同じ四時過ぎ、企画院第一部第一課迫水久常も、賀屋蔵相からの電話で、蔵相官邸に駈けつけた。蔵相は沈痛と見える顔でいった。

「戦争はとめられなかった。いまごろは真珠湾を攻撃しているはずだ。そこで心配なのは、きょうの株式だ。けさの相場が低落しては開戦早々の国民の志気にもかかわるから、なんとか寄りつき相場は前日の引け相場より少しでも高くしておきたい。ついては君に全権をまかせるから、朝になったら取引場へいって、然るべく善処してくれたまえ」[8]

午前五時―午前六時

独軍敗退開始と同じ日に

午前五時――ハワイでは午前九時半、日本機の第二波も逐次去りはじめ、十時前には最後の一機も姿を消した。

あとには、アリゾナ、ウエストバージニア、カリフォルニア、オクラホマの四戦艦、標的艦ユタ、敷設艦オグララが撃沈され、戦艦ネバダ、

8　恒文社＝迫水久常「機関銃下の首相官邸」

巡洋艦ヘレナ、同ローリー、駆逐艦カッシン、ダウンズ、ショー、工作艦ベスタルが大破し、メリーランド、ペンシルバニア、テネシーの三戦艦、巡洋艦ホノルル、水上母艦カーチスが中破し、各飛行場にあった米軍機一八八機が撃墜または地上で撃破され、兵士二千四百三人が死亡し、千百四十三人が負傷していた。すなわちアメリカ太平洋艦隊の主力はほとんど潰滅《かいめつ》したのである。

一方、火と煙と油のながれる真珠湾内外の海面では、日本の特殊潜航艇が苦闘していた。一隻は空襲の始まる前に発見撃沈され、あと四隻の中、二隻はほぼこの時間に、或いはアメリカ駆逐艦の爆雷投下、或いは磁気機雷にふれて、何らなすところなく沈没したものと見られる。

このころ湾内で、こわれた日本機が浮かび、その傍で日本の航空兵が立ち泳ぎしているのが発見された。敷設艦モントゴメリーの救助艇が近づき、手まねきで降伏を命令し、船に引きあげようとした。そのときその飛行兵はふいに上衣から拳銃を取り出した。彼がそれを使用する前に、艇長がこれを射殺してしまった。[1]

シンゴラでは上陸がつづいていた。

1　サンケイ出版＝A・J・バーカー「パール・ハーバー」

山下将軍は舟艇が海岸に近づくや海中に飛び込もうとして身構えたが、波に足をさらわれないために、動揺する舟艇のへさきでちょっと巨体をためらわせた。すると、舟艇を操縦していた一兵長が大喝した。

「こらっ、山下、さっさと飛び込め！」

山下将軍は、「おう」と反射的に答えて、海中に身を躍らせ、全身ずぶ濡れになって上陸していった。[2]

「山下軍司令官日記」には簡単にこうある。

「風波大なり。三時第一船出発。予は五時半上陸す」

そのころ――午前五時十五分、上海《シャンハイ》に在泊していた米艦と英艦にも、日本の支那方面艦隊から降伏勧告の軍使が向った。米艦ウエーキはただちに降伏したが、英艦ペトレルは拒否し、五時半からこれに対して砲撃が始まっていた。

午前五時、眠っていた東条首相は、海軍省からの電話で、真珠湾の奇襲成功の報告を受けた。東条は受話器を置いて、天佑を謝した。[3]

2　富士書苑＝「秘録大東亜戦争・マレー編」

3　雄松堂＝「極東国際軍事裁判速記録」

日本の八日午前五時は、イギリスでは七日午後八時である。

イギリス首相チャーチルは、田舎のチェッカーズの別荘で、米武器貸与調整官ハリマンとワイナント大佐と八時のニュースを聴いていた。ロシア戦線とリビア戦線の戦況についての報道の後、短く日本機のパールハーバーへの攻撃が放送された。

チャーチルはしばらく後報を待っていたが、待ち切れず、テーブルから起ち上って事務室にゆき、「ルーズベルト大統領を呼び出してくれ」と命じた。二、三分の後、大統領が出た。チャーチルはきいた。

「大統領閣下、いったい日本はどうしたというのですか」

「本当のことですよ、日本はパールハーバーでわれわれを攻撃したのです」

と、ルーズベルトはいった。

「これで、われわれはみな同じ舟に乗ったということになります」

ワイナント大佐が代って大統領と話した。そのうちみるみる顔色が緊張し、「あー!」と彼はさけんだ。チャーチルはふたたび電話をひきとって大統領にいった。

「事はこれで単純になりました。あなたに神の加護のあらんことを祈ります」

電話をおいて、彼らは広間に引返して、突如発生したこの「至上の世界史的事件」に頭を適応させようと努めた。チャーチルは書いている。

「その事件は息がはずむほどのどえらい性質のものであった」

それから閣僚や三軍首脳を電話で呼び出してこのことを知らせたのち――みな、すでに今のニュースをきいていた――チャーチルは考えに沈んだ。

「今や、ここに至って、アメリカが完全に、死に至るまでの戦争に入ったことを私は知った。かくして、われわれはついにこのとき戦争に勝ってしまったのである。ヒトラーの運命は定まった。ムソリーニの運命も定まった。日本に至っては、木《こ》ッ葉《ぱ》微《み》塵《じん》に打ち砕かれるであろう。

米国は巨大なボイラーのようなものである。それに点火されると、作り出す力には限りがない。

満身これ感激と昂奮という状態で私はベッドにつき、救われて感謝に満ちたものの眠りを眠った」[4]

4　毎日新聞社＝ウィンストン・チャーチル「第二次大戦回顧録」

ベルリンの外国放送モニター係が、真珠湾の奇襲ニュースを最初にピックアップし、外務省の役人からリッベントロップ外相に、この世界を震撼《しんかん》させる事実を伝えたのはおそらく同時刻であった。

リッベントロップははじめ信じなかった。人騒がせなことはいうな、と立腹し、また「それは謀略放送だ。朝まで眠りを邪魔しないでくれ」といった。[5]

朝日新聞ベルリン特派員茂木政はいう。

「ちょうどあの日、ドイツでいえば七日ですね、或る通信で私はこのニュースを知りましてね、これはとんでもないことになったという気持で、まあ非常に悲愴《ひそう》感を持ってですね、日本大使館に駈けつけたんです。そしたら大島浩大使はちょうど留守で、しばらく待っておりましたら帰って来たんですが、当時のドイツのリッベントロップ外相とですね、祝杯をあげて来たといわれましてね、大島さんは私達の顔を見たらすぐに、日本はこれで救われた、という言葉を使ったんですな」[6]

リッベントロップはそれが事実であることがわかると、イタリアのチアノ外相に電話でこのことを告げた。チアノは書いている。

5　東京創元社＝W・シャイラー「第三帝国の興亡」

6　学芸書林＝「私の昭和史・証言3」

「彼は日本のアメリカ攻撃を狂喜していたので、余もまた彼とともに喜んだ。ムソリーニもまた喜んでいた。長い間、彼はアメリカと枢軸国との関係のはっきりすることを望んでいたのである。が、余としては、この出来事の終局の利益については何らの確信が持てない」[7]

日本の八日午前五時は、モスクワでは七日午後十一時である。すなわちモスクワ前面の戦線では十二月七日最後の一時間に入ろうとしていた。そしてその日こそ、ソ連軍の猛反撃と零下三十度を越える極寒に耐えかねて、ドイツ軍がついにモスクワ戦線から吹雪の中で総退却を開始した運命の日なのであった。

神はアメリカ海軍のために……

午前六時―午前七時

午前六時。

7　「チアノの日記」

五時過ぎ各新聞社に電話して呼び集められた三十人余りの記者は、海軍省黒潮会（記者クラブ）の部屋に寝不足の顔を集めて来た。

六時、海軍報道部長の田代中佐とともに現われた陸軍の大平報道部長が「大本営発表第一号」を読みあげた。ＪＯＡＫがこれを繰返し録音した。

「帝国陸海軍は、本八日未明、西太平洋に於て米英軍と戦闘状態に入れり」

すぐにこれは臨時ニュースで流され、それより終日、国民は間断なくこの声を、軍艦マーチとともに聞くことになる。

日本郵船の豪華船竜田丸（一万七千トン）は、このころミッドウェー北方の海上をアメリカへ向って進んでいて、このニュースを聞いた。船中には多数の引揚げのアメリカ人その他外人が乗っていた。

竜田丸は六日前の十二月二日、横浜を出航したもので、出航直前、木村船長だけが海軍の林大佐から、「船中のラジオは一切聞えないようにすること。船からいかなる電波も発しないこと」という厳命を受けて船長は不審に思ったが、まさか海軍が真珠湾攻撃を企図していて、この豪華船のつつがなき出航、平和な航海をそのカムフラージュにしようとしていたとは想像もしなかった。

このニュースを聞くや、船長は眼から鱗《うろこ》が落ちたような感じがして、ただちに船内に和英両文で、

「本船はただいまより日本政府の命令で横浜に引き返します。ただしその理由については判明次第お知らせいたします」

と掲示して、廻れ右をして帰航の途に就いた。あとで林大佐は木村船長に、「あなたにだけは十二月八日開戦のことを教えておこうかと、のどもとまで出たのだが、千里の堤も蟻の一穴《いっけつ》からということがあるから」と笑って詫びた。[1]

六時五分、上海の英艦ペトレルは撃沈された。

五時前から母艦に帰投しはじめたハワイ攻撃隊第一波は、六時にはほぼ全機収容を終った。荒天のため着艦は困難をきわめ、もはや燃料が尽

1　学芸書林＝「私の昭和史・証言3」

きようとして上空でもどかしく旋回している機のために、いったん着陸はしたものの損傷のひどい機は、そのまま飛行甲板から海中へつき落さなければならない状態であった。

最後に赤城に着艦した第一次攻撃隊長淵田中佐は、甲板で待っていた源田中佐と歓喜の握手を交した。そしてすぐに南雲長官に呼ばれた。

艦橋には草鹿《くさか》参謀長をはじめとする参謀に囲まれて、南雲長官が待ちかねていた。淵田は報告しはじめた。それが終るか終らないうちに南雲長官は聞いた。

「米艦隊は六カ月以内にまた真珠湾から出て来れる可能性があると思うか」

「それは出来ないと思います」

南雲長官は満足の笑いを浮かべた。草鹿参謀長が聞いた。

「第二次攻撃をかける必要があると思うか」

「戦艦に関する限りほとんどやっつけましたが、湾内にはまだ多数の巡洋艦以下の艦艇が残っていますし、また工廠《こうしょう》、燃料タンクなどが残っていますから、第三波、第四波を出す必要があると思います」

南雲長官が物思わしげにいった。

「それにしても、敵の空母はどこにいるのか？」

淵田は、それが真珠湾にいなかったところを見ると、どこかの海上にいるものと思われると述べた。源田参謀が軽くいった。

「それが来襲してきても、叩き落すだけですが」

南雲は淵田の功をねぎらって去らせた。

源田中佐は、敵の空母を捜索してこれを叩くべきだと進言した。しかし南雲長官は考え込んでいた。[2]

そのころハルゼー中将の率いる空母エンタープライズを含む艦隊はウエーキから帰航途上にあり、空母レキシントンを含む別の艦隊はミッドウェーに爆撃機を輸送中であった。ハルゼーはすでにハワイ空襲を知って歯がみしていたが、米海軍史家サミュエル・E・モリソンはいう。

「アメリカ太平洋艦隊にとって、この情勢下に二点の光明があった。それはハワイの動力施設と油槽地帯が全く無傷であったことと、空母群が出航して不在であったために危難を免れたことであった。もしこれらの

2　リーダーズ・ダイジェスト社＝ゴードン・W・プランゲ「トラ・トラ・トラ」、河出書房＝淵田美津雄「真珠湾攻撃」

施設を損失していたならば、太平洋艦隊の受けた損害以上に反攻に支障を来たしたに相違なく、また当時のエンタープライズなどの空母は甚しく対空防禦《ぼうぎょ》力に欠けていたからである。神はアメリカの誇りを辱しめるように定めたけれど、しかしまた運命はアメリカ海軍が完全に破壊されないように注意を払ってくれた」[3]「運命の化身」南雲中将はまだ迷っていた。

私の人間は変ってしまった

午前七時―午前八時

「帝国陸海軍は米英軍と戦闘状態に入れり」という大本営発表は、七時十八分の第一回臨時ニュースによって大部分の国民の知るところとなった。臨時ニュースは七時四十一分、八時半と繰返された。アナウンサーは館野守男であった。

七十九歳の徳富蘇峰は大森山王草堂で「近世日本国民史」の「征韓

3　改造社＝サミュエル・E・モリソン「太平洋戦争アメリカ海軍作戦史」

論」の篇を書いていた。

「只今我が修史室の一隅にあるラジオは、今晩西太平洋上に於て、日本が米英両国と交戦情態に入りたるを報じた。予は筆を投じて、勇躍三百。積年の溜飲始めて下るを覚えた。皇国に幸運あれ、皇国に幸運あれ」

蘇峰はこう書き、しかし、西郷の征韓論に対し、断乎として抵抗する大久保利通の意見書を紹介していった。大久保の意見書に曰《いわ》く、——

「……若し征役直ちに利を得るといえども、その得る所、おそらくはその失う所を償うに足らず、況《いわ》んや遠征歳月を経るに於てをや。……」

この年「ろまん燈籠」「新ハムレット」などを発表し、十月文士徴用を受けたが胸部疾患で免除された三十三歳の作家太宰治は、一主婦の記録に託してこう書いている。

「しめ切った雨戸のすきまから、まっくらな私の部屋に、光のさし込むように強くあざやかに聞えた。二度、朗々と繰返した。それを、じっと聞いているうちに、私の人間は変ってしまった。強い光線を受けて、からだが透明になるような感じ、あるいは、聖霊の息吹きを受けて、つめたい花びらを胸の中に宿したような気持。日本も、けさから、ちがう日本になったのだ」[1]

当時四十歳であった作家上林暁は書いている。

「私はガバと起きて、台所で朝の支度をしている妹に向って叫んだ。『いよいよ、アメリカ、イギリスと戦争がはじまったよ』私はもう新聞など読みたくなかった。今朝来たばかりの新聞だけれど、もう古臭くて読む気がしないのだ。我々の住む世界は、それほどまでに新しい世界へ急転回したことを、私ははっきりと感じた。『今日はこれから重大放送があるかも知れませんから、そのままスイッチを切らずにおいて下さい』とアナウンサーが繰返し言っている。次ぎはどんな放送があるのだろうか、その予測が一種の重苦しい緊張を漂わした。

軍艦マーチの奏楽が湧き起っている。

私はそばに寄って来た、五つになる女の子を抱きあげると、平生ぐずって仕方のない子だから、この際活《かつ》を入れておこうと思った。『アメリカと戦争がはじまったんだから、もうぐずぐず言っちゃ、駄目だよ。好い子で居さえすりゃ勝つんだから』

1 太宰治「十二月八日」

そんな言い方も、今朝はちっとも不自然でなかった。子供は素直にうなずいた」[2]

・木戸内相は、七時十五分宮中へ出勤した。

「今日は珍しく好晴なり。赤坂見付の坂を上り、三宅坂に向う。折柄、太陽の赫々《かっかく》と彼方のビルディングの上に昇るを拝す。思えば、愈々《いよいよ》今日を期し我国は米英の二大国を対手として戦争に入るなり。今暁既に海軍の航空隊は大挙布哇《ハワイ》を空襲せるなり。之を知る余は其の安否の程も気づかわれ、思わず太陽を拝し、瞑目《めいもく》祈願す。

七時半、首相と両総長に面会、布哇《ハワイ》奇襲大成功の吉報を耳にし、神助の有難さをつくづく感じたり」[3]

午前七時に駐日米大使グルーは、すぐに外相に会いに来てくれという電話で起された。彼は急いで服を着て、七時半ごろ外相官邸についた。東郷外相はこわい顔をして、事務的に、これがきょう野村大使から米国務長官に伝達されるはずの覚え書であり、かつ大統領のメッセージに対する天皇の回答だといって、一通の覚え書をテーブルの上にピシャリと

2　上林暁「歴史の日」

3　東京大学出版会＝「木戸幸一日記」

置いて、

「ワシントンに於《お》ける交渉が少しも進捗《しんちょく》しないという事実から見て、われわれは交渉から手をひくことに決定しました」

と、いった。

「たいへん残念です。われわれはもういちど振り出しから出発出来るように望みます」

と、グルーはいった。東郷は平和に対するグルーの協力に謝意を表しながら、少し満足そうに語りかけ、玄関まで見送って出た。

東郷は真珠湾攻撃のことについては、一言も口にしなかった。グルーはいう。「私はなぜ彼がそのことを私に言わなかったのかわからない。彼はそれを言う勇気がなかったのか。それは外交的な問題ではないと思っていたのか、私にはわからない」

東郷はいう。「自分は部下から、早朝に日本が布哇を奇襲し、戦争が開始せられたという放送があったと聞いた。それで大使が来訪したときにはすでにこれを承知しているものと考え、不愉快な出来事をさらに自分から繰返す必要はないと思い、それは既成の事実として挨拶したのであった」

東郷は、やはり言いづらかったのである。つづいて東郷は、駐日英大使クレーギーを呼んだ。

グルーは大使館に帰り、髯《ひげ》を剃《そ》り、朝食を食べ、ゴルフにゆくために着換えをしようとしていたが、そこに日本が戦争を始めたという号外の声を大通りで聞いた。彼は秘書の一人にそれを取りにやらせた。さらにそれが確認されるまで、グルーはどうしてもそれを信じることが出来なかった。[4]

外務省アメリカ局一課長の加瀬俊一は、外相官邸で東郷外相に侍立して、グルー大使、つづいてクレーギー大使との会見を終ると外務省に帰って来た。外務省は騒然としていた。多数の省員にとっては寝耳に水だったからである。記者団に囲まれていると、逓信省から電話があって、いまアメリカの国務省からグルー大使に電話をかけているがどうするか、という照会があった。加瀬はすぐに電話線をつながせ、録音した。向うからかけているのは国務省の極東部長ハミルトンであった。

「……そうです。やられたんですよ、ええ、パールハーバー」

4　毎日新聞社＝ジョセフ・C・グルー「滞日十年」、改造社＝東郷茂徳「時代の一面」、原書房＝ウォルド・H・ハインリックス「日米外交とグルー」、原書房＝米国上下両院合同調査委員会「真珠湾攻撃記録及び報告」

大声で、

「パールハーバーです！　損害は調査中ですが、とにかく怪しからん！」

大使は驚きのため口もきけないようだった。[5]

柱島沖の長門艦上では、山本司令長官が朝食をとっていた。幕僚の間には笑い声も聞え、みな言葉数も多くなっていたが、食事がすんで席を離れるとき、

「政務参謀、ちょっと」

と、山本は藤井茂中佐を長官公室に呼び、

「君はよく分っていると思うが、中央では最後通牒《つうちょう》の手交時間と攻撃開始時間との間合いを三十分につめたというんだが、外務省の方の手筈は大丈夫なんだろうねえ？　今までの電報では、攻撃部隊の方は、まちがいなくやっていると思う。しかし、何処かに手違いがあって、騙《だま》し討《う》ちということになっては、これは大問題だからね。充分調査してくれ給え」

5　日本経済新聞社＝加瀬俊一「日本外交の決定的瞬間」

と、言った。

藤井は、

「大丈夫と思いますが、しかしなお、充分調査いたします」

と、答えた[6]。

日本の午前七時半はハワイの正午であった。パールハーバーは完全に無力化されて、もうもうとたちこめる爆煙の中にあった。ワシントンのスターク提督からの「日本は最後通告を提出せんとしている。警戒配備をとれ」という警告電報がキンメル大将の手にとどけられたのは、午後零時四十分ごろであった。それはハワイに午前七時三十三分に到着したが（日本軍空襲の十六分前）「特別」とも「至急」とも表示してなかったので、それまでホノルルのRCA局の入信整理棚に置かれていたのである。しかも、キンメルのもとへこの電報を配達したのは日系二世の少年であったが、彼がキンメルの艦隊司令部に辿《たど》りつくまでに途中何度もの検問に逢い、こうしていよいよ遅れたのだ。

その警告がキンメルの手許にとどいたときはすべてが終っていた。キ

6　新潮社＝阿川弘之「山本五十六」

ンメルは黙ってそれをクズかごに放り込んだ。[7]

同じ正午過ぎホノルルの日本総領事には、七人の武装警官が拳銃や小銃を持って乱入し、書類を焼却しつつあった館員を捕えた。彼らは喜多総領事以下全員を並べ、その身体検査をはじめた。敵も味方も両眼血走り、顔面蒼白であった。約八〇キロの巨体を持つ喜多総領事の検査は特に厳重で、最後にサルマタまで下ろされた。すると平生豪快な総領事自慢の〝男性〟がチンマリと萎縮《いしゅく》しているのが見えて、吉川たちが思わず笑い出した。それにつられて警官たちも笑い出した。

"Don't laugh!"と隊長が一喝したが、これで双方の緊張が一瞬に解けた。そのまま館員一同は監視のもとに拘禁された。[8]

午前七時（香港時間午前六時）から英領香港地区に爆撃が開始された。

「住民は連続する爆発音に目をさました。大部分の人々は、イギリス駐屯軍の演習だと思っていたが、一連の爆裂音がやんでから啓徳飛行場にいって見ると、木ッ葉微塵に爆撃されているのみか、ホノルル・香港間連絡用の水上機ホノルル号も海中に腹を見せてさかだちになっていた」[9]

7　サンケイ出版＝A・J・バーカー「パール・ハーバー」

8　鹿島研究所出版会＝伊藤憲三「米国抑留記」

9　時事通信社＝金雄白「同生共死の実体」

同時に日本軍は香港の対岸英領租借地九竜半島の国境めざして進撃を開始した。

過ちは繰返しませぬから

午前八時—午前九時

午前八時には、柱島の連合艦隊の各指揮官、参謀長らが「長門」に集まって、情況説明と戦果の判定が行われた。

それまでの電報を綜合して見ると、真珠湾在泊の戦艦は全部やられているように見えた。しかし、一艦の損害を二機が視認して二隻をやっつけたように見えることもあるので、幕僚たちは相談して、妥当と思われる数字を出して山本長官の判断を求めた。

山本は、

「少し低い目に見とけ」

と言って、幕僚の判定の約六掛けとさせた。[1]

1　新潮社＝阿川弘之「山本五十六」

おそらくこの時刻であったろうと思われる。熱海の別荘にいた元鉄道大臣内田信也は、午前六時のラジオを聞くと、すぐに箱根湯本の別荘にあった前首相近衛文麿に電話し、小田原で落合って自動車に乗り、東京へ急いだ。

車の中で、近衛は話した。

「けさはハワイを奇襲したはずだ。僕の在任中山本五十六君を呼んで、日米戦についての意見を聞いたところ、初めの一年はどうにか持ちこたえられるが、二年目からは勝算はない。ただ廟議《びょうぎ》一決し宣戦の大詔があったときは、軍人として最善をつくして御奉公あるのみで、楠公の湊川出陣と同じだといっていたが、山本君としては緒戦に大勝し、あとは政府の外交手腕に待つという心底らしかった」[2]

自動車はたびたび警官にとめられながらも都内に入って、アメリカ大使館の傍にさしかかった。そのあたりはすでに交通止めになって群衆が群がっていたが、町は比較的静穏であった。

元外務省顧問の斎藤良衛も、開戦のニュースに驚いて、千駄ヶ谷の私

2　実業之日本社＝内田信也「風雪五十年」

邸で宿痾《しゆくあ》を養っていた元外相松岡洋右を訪ねた。

松岡は眼に涙をためていった。

「三国同盟の締結は僕一生の不覚だったことを、今更ながら痛感する。世間から僕は侵略戦争の片棒かつぎと誤解されているのは不徳の致すところとはいいながら、まことに遺憾だ。三国同盟は、それによってアメリカの参戦を防ぎ、世界大戦を予防することにあったのだが、事ことごとく志とちがい、かえって今度の戦争の原因になってしまった。それを思うと、僕は死んでも死にきれない[3]」

そして、果てはいくどもすすり泣いた。

その朝、東京帝国大学医学部の学生加藤周一も、同級の学生たちと共に、本郷の大学の医学部の構内を、附属病院の方へ向って歩いていた。「そのとき、学生の一人が、本郷通りで手に入れた新聞の号外を読みあげた。すると私たちの間には、一種のざわめきが波のように拡がった。誰かが何かを言ったというのではなく、いわば言葉にはならぬ反応が集っておのずから一つの溜息のようなものになったのであろう。私たちは、そのとき太平洋戦争という事実と向き合っていた。

3　読売新聞社＝斎藤良衛「欺かれた歴史」

私は周囲の世界が、にわかに、見たこともない風景に変るのを感じた」[4]

当時旧制広島高校の一年生であった林勉は書いている。

「その朝の授業は、鬼のあだ名で文科生に最も畏怖された雑賀《さいが》教授の英語だった。廊下のマイクが臨時ニュースを伝えると、教授は廊下に飛び出して、頓狂《とんきょう》な声で〝万歳〟を叫んだ」

この雑賀教授こそ、戦後広島の原爆慰霊碑の「安らかに眠って下さい。過ちは繰返しませぬから」の文句を書いた人であった。そして、その頓狂な声に廊下に飛び出した学生の中には、四年後学徒兵として原爆で死んだ学生たちもいた。[5]

ハワイ沖の南雲機動部隊には攻撃隊の第二波が順次帰投しつつあった。空母「蒼竜」にあった第二航空戦隊司令官山口多聞少将は、第二次攻撃隊を発進さすべきだと信じて「第二撃準備完了」と赤城に信号して催促した。しかし赤城からの応答はなかった。蒼竜の航空参謀や搭乗員は、なお長官に強く意見を具申すべきだと山口少将に要望したが、山口はく

4 岩波書店＝加藤周一「羊の歌」

5 中央公論社＝東大十八史会編「学徒出陣の記録」

びをふってつぶやいた。

「南雲さんは、やらないよ」[6]

参謀長は下司《げす》の戦略という

午前九時―午前十一時

台湾の台南にある第十一航空艦隊は未明から焦燥していた。フィリピンにあるアメリカ空軍を叩くために、午前四時発進する予定になっていたが、三時ごろから発生した霧のために、それが不可能となったのである。参謀長大西滝治郎、飛行長小園安名は天を仰いで長嘆した。

そのうちハワイ奇襲成功、マレー上陸の報が入り、夜は明けて来たが、霧はますます濃く、もはや敵の機先を制してフィリピンの航空基地を叩く希望は稀薄になった。事実、夜明けとともに、フィリピンのクラーク基地、イバ基地のアメリカ空軍はすでに開戦を知って、全機が上空で待ち構えていた。

6　毎日新聞社＝草鹿竜之介「連合艦隊」

午前九時ごろから霧はようやく霽《は》れて来た。

海軍航空隊約二百機は、タイミングを逸したことを自覚しつつ、十時ごろから発進を開始した。フィリピンの目標まで約三時間の航程であった。

ハワイ北方海面では、九時半ごろ、帰艦して来た攻撃機の全収容を終り、南雲長官は草鹿参謀長の進言もあって、ついに引揚げを決意した。南雲と草鹿が再攻撃に踏み切らなかったのは、次の理由によるものであった。

一、米太平洋艦隊の主力撃滅という所期の目的をほぼ達したこと。

二、第二波の未帰還機が著増したことから敵の反撃態勢が整ったと見るべきこと。

三、敵の空母の所在動静が判明しないこと。

草鹿参謀長はそのときの彼の考えについていう。

「攻撃は一太刀と定め、手練の一撃によってその目的を達成したのである。わが敵はまだ、一、二に止まらない。いつまでも同じ獲物に執着すべきでなく、次の敵に対する構えが必要であるとして、何の躊躇《ちゅうちょ》もなく南雲長官に引揚げを進言した。なぜもう一度攻撃を反覆しなかったか、なぜ工廠や油槽を破壊しなかったかなどの批判は、兵機戦機の機微に触れないものの下司の戦略論である」[1]

機動部隊は北上をつづけ、十時三十五分には、「今夜敵出撃部隊ニ対シ警戒ヲ厳ニシツツ北上シ、明朝附近ノ敵ヲ索《もと》メテ之ヲ撃滅セントス」と命じた。すなわち戦場を離脱し帰投の意志を明らかにしたのである。

「長門」の連合艦隊司令部では、南雲部隊が帰途についたことを知って、幕僚のほとんど全員が南雲部隊に再攻撃を下令することを具申した。

しかし、山本は、

「いや、待て、そりゃちょっと無理だ。泥棒だって帰りはこわいんだから」

と、言い、

「やれる者は、言われなくったってやるサ。やれない者は遠くから尻を叩いたって、やりゃしない。南雲じゃ駄目だよ」

と、言った。[2]

1　毎日新聞社＝草鹿竜之介「連合艦隊」

2　新潮社＝阿川弘之「山本五十六」

――しかし、草鹿参謀長の「下司の戦略論」に大疑問符を打たざるを得ず、長蛇を逸した感のあるのは、太平洋戦争のすべてが終ってからの眼で見てのことであって、米太平洋艦隊を潰滅させながらわずかに二十九機を失ったのみで疾風のごとく引揚げてゆく南雲艦隊は、まさに凱歌をうそぶきつつ波を蹴る長蛇の姿であったろう。

日本の午前のこのころのラジオの放送ぶりを、太宰治は書いている。

「ラジオは、けさから軍歌の連続だ。一生懸命だ。つぎからつぎと、いろんな軍歌を放送して、とうとう種切れになったか、敵は幾万ありとても、などという古い古い軍歌まで飛び出して来る始末なので、ひとりで噴き出した。放送局の無邪気さに好感を持った」[3]

日本での八日午前十時半は、ワシントンでは七日夜八時半であった。ホワイトハウスの二階では、八時半から、大統領を囲んで半円形に閣僚と議会首脳者が坐っていた。

ルーズベルトは、日本が最後通告の一時間前に攻撃をしたのは国家間

3　太宰治「十二月八日」

の関係としては類例を見ない行為で、それは日露戦争で日本がロシアにやった前例があるばかりだといい、かつ現在日本軍はハワイのみならず、マレー、フィリピン、グアム、ウエーキ等を攻撃しつつあると戦況を説明した。

それから、日本の空母がパナマ沖で撃沈されたとか、ハワイを空襲した航空機の中にナチスの鉤《かぎ》十字のマークをつけたものがあったとかいう風評があるといった。

さらに次のようなこともいった。

「我々はハワイの戦艦の半数以上を失った。勿論、長期的にはそれらの大部分は修復して再び戦列に復帰することが可能であると思うが、それには長い工程がかかるであろう」

「日本がやった攻撃に対する回答は、日本に対する絞め殺し作戦である。彼らは何も持っていないのだ。われわれは、日本の飢餓と消耗によって、最後には勝つことが出来るであろう」[4]

ジョン・ガンサーは、「その夜」のルーズベルトについて書いている。

「その夜、ワシントンでは、政府の高官の中にも気の狂ったようにあわ

4　原書房＝米国上下両院合同調査委員会「真珠湾攻撃記録及び報告」

てた者があった。まるで満員の劇場で、火事だ！　と叫ばれたときのようにふるまった者もあった。その中で、ひとり悠々と落着いていたのはホワイトハウスであった。ルーズベルトが昂奮している人々を落着かせていた。

しかも、被害が致命的といえるほど大きなものであることを一番よく知っているのは彼であったし、それに、沈められた軍艦に彼が個人的な愛着を持っていたことを思うと、いっそう驚くべきことであった。海軍は彼の最大の恋人で、パールハーバーの悲劇は、彼にとってノックアウトをもたらすほどのボディ・ブロウであった。

しかし、このような衝撃を受けながら、彼は一瞬といえども狼狽《ろうばい》したようすを見せなかった。衝撃にひるまなかったばかりでなく、彼の頭に浮かんだことは直ちに反撃に移ることであった。濠州に軍隊を送ることがその晩のうちに決定された。歴史の回転の軸を変えるようなこのような危機に臨んでも、彼は平生の態度を失わなかった。

その夜、六人の政府の高官が緊張して命令を待っているとき、彼は深々と椅子に身体を埋め、二十分間にわたり、メイン州で海老《えび》を漁《と》る話をして一同を呆《あき》れさせたのであった」[5]
ルーズベルトは、ハワイという海老で日本という鯛を釣る戦略を考えていた。

皇祖皇宗の神霊上にあり

午前十一時―午前十二時

午前十一時四十五分、宣戦の大詔が渙発《かんぱつ》された。

「天佑ヲ保有シ万世一系ノ皇祚《こうそ》ヲ践《ふ》メル大日本帝国天皇ハ昭《あきらか》ニ忠誠勇武ナル汝有衆ニ示ス。朕茲ニ米国及英国ニ対シテ戦ヲ宣ス……」

奉読の声がラジオを通じて全国に流れているころ、木戸内府は天皇に拝謁していた。

「十一時四十五分より十二時迄、拝謁す。国運を賭しての戦争に入るに当りても、恐れながら、聖上の御態度は誠に自若として些《いささか》の御動揺を拝せざりしは真に有難き極《きわみ》なりき」[1]

5　早川書房＝ジョン・ガンサー「回想のローズヴェルト」

1　東京大学出版会＝「木戸幸一日記」

詔書につづいて、東条首相が政府声明を読みあげた。

「東条のいったことや、そのときの東条の態度には、気ちがいじみたもの、熱狂的なものは少しもなかった。彼は、日本は挑戦を受けて起《た》ったのだ。平和を求める日本の努力はアメリカによってすべて水泡に帰したのだ。その結果、日本は自衛のために起ちあがるのやむなきに至ったのだと強調する標準型の声明を行っただけだった。

東条は、ヒトラーのような、あるいはムソリーニのような罵言《ばげん》を用いることをしなかった」[2]

その年「智恵子抄」を刊行した五十九歳の詩人高村光太郎は、中央協力会議に出席していて、これを聞いた。

「控室に居ても誰も知った人がいないので、私は窓際の椅子に腰かけて、晴れた冬の日のあたたかい丸の内の風景を見ていた。ただうつけて見ていた。何も頭に出て来ない。頭はただ一点にだけ向って激しい傾斜のようなものを感じているだけであった。一時間もそのままじっとしていた」

2 時事通信社＝ロバート・ビュートー「東条英機」

彼はけさその会場へ来て、はじめて開戦のことを聞いたのである。

「時計の針が十一時半を過ぎた頃、議場の方で何かアナウンスのような声が聞えるので、はっと我に返って議場の入り口に行った。丁度詔勅が捧読《ほうどく》され始めたところであった。かなりの人が皆立って首をたれてそれに聴き入っていた。思わずそこに釘づけになって私も床を見つめた。聴きゆくうちにおのずから身うちがしまり、いつのまにか眼鏡が曇って来た。私はそのままでいた。捧読が終わると皆目がさめたようにして急に歩きはじめた。私も緊張して控室に戻り、もとの椅子に坐して、ゆっくり、しかし強くこの宣戦布告のみことのりを頭の中で繰りかえした。頭の中が透きとおるような気がした。

世界は一新せられた。時代はたった今大きく区切られた。昨日は遠い昔のようである。現在そのものは高められ確然たる軌道に乗り、純一深遠な意味を帯び、光を発し、いくらでもゆけるものとなった。

この刻々の瞬間こそ後の世から見れば歴史的転換の急曲線を描いている時間だなと思った。時間の重量を感じた」[3]

彼はまた詩《うた》った。――

3　高村光太郎「十二月八日の記」

「詔勅をきいて身ぶるいした
この容易ならぬ瞬間に
私の頭脳はランビキにかけられ
昨日は遠い昔となり
遠い昔が今となった
天皇あやうし
ただこの一語が
私の一切を決定した」

すでに「南の風」を発表していた四十七歳の作家獅子文六は書いている。

「ドカンと、大きな音でもした感じだった。シーンと耳が鳴っている感じだった。

やがて、宣戦の大詔が奉読されていた。

『皇祖皇宗ノ神霊上ニ在リ。……』

その時、涙がこぼれた。

それから、首相の放送があった。東条さんの舌は、縺《もつ》れた時もあったが、その声は、組閣の第一声の時より荘重だった。

ふと、自分は、ラジオを聴く前と、別人になってるような気持がした。その間に、一年も二年も時間が経ってるような気持がした。一間も二間もある濠《ほり》を、一気に跳び越えたような気持がした」[4]

彼が翌年から朝日新聞に連載しはじめた「海軍」の主人公は、この同時刻真珠湾の海底でなお苦闘していたか、あるいはおそらくは一、二時間前に戦死していた。

この翌年三月「日本文化私観」を発表することになる三十六歳の作家坂口安吾は、前日小田原の知人ガランドウ工芸社を訪ねて大酒し、この朝起きると、戦争のニュースのあったことを聞いたが、タイ国境の小競合いくらいだろうと考え、昼前に二の宮へ魚を買いにゆこうと小田原の町へ出た。

「小田原では目抜きの商店街であったが、人通りは少なかった。小田原の街は軒並みに国旗がひらめいている。街角の電柱に新聞社の速報がはられ、明るい陽差しをいっぱいに受けて之も風にはたはたと鳴り、米英に宣戦す、あたりには人影もなく、読む者は僕のみであった。

4　獅子文六「あの日」

僕はラジオのある床屋を探した。やがて、ニュースが有る筈である。客は僕ひとり、頬ひげをあたっていると、大詔の奉読、つづいて、東条首相の謹話があった。涙が流れた。言葉のいらない時が来た。必要ならば、僕の命も捧げねばならぬ。一歩たりとも、敵をわが国土に入れてはならぬ」[5]

上林暁も書いている。

「そこらの街へ買物に出ていた妹がかえって来た。

『街はどんなだった?』と私は訊いた。

『みんな、ラジオの前に立って、ニュースに聞き入っていた。さっき、宣戦の御詔勅をお降《くだ》しになられたね』

妹の顔も紅潮していた」[6]

三十四歳の「麦と兵隊」の作者火野葦平は書いている。

「私はラジオの前で、或る幻想に囚《とら》われた。これは誇張でもなんでもない。神々が東亜の空へ進軍してゆく姿がまざまざと頭のなかに浮んで来た。その足音が聞える思いであった。新しい神話の創造が始まった。昔高天原を降り給うた神々が、まつろわぬ者共を平定して、祖国日本の基

---

5 坂口安吾「真珠」

6 上林暁「歴史の日」

礎をきずいたように、その神話が、今より大なる規模をもって、ふたたび始められた。私はラジオの前で涙ぐんで、しばらく動くことも出来なかった」[7]

四十八歳の漫談家徳川夢声は喜劇出演のため神戸のホテルに喜劇俳優の岸井明といっしょに泊っていた。

「岸井君が部屋の扉を半開きにしたまま、対英米開戦のニュースを知らせてくれる。そら来た。果して来た。コックリさんの予言とは二日違い。帳場のところで、東条首相の全国民に告ぐる放送を聴く。言葉が難しすぎてどうかと思うが、とにかく歴史的の放送。身体がキューッとなる感じで、隣りに立っている若坊(女優若原春江)が抱きしめたくなる。表へ出る。昨日までの神戸と別物のような感じだ。途《みち》から見える温室のシクラメンや西洋館まで違って見える」[8]

日本の八日午前十一時は、ハワイでは七日午後三時半であった。ハワイはなお混乱の中にあった。

ホノルルの日本領事館に閉じこめられていた館員伊藤憲三は書いてい

7　火野葦平「全九州文化協議会報告文」

8　中央公論社「夢声戦争日記」

る。

「突然、窓外の自動車のラジオが一段張り詰めた声で、特別ニュースを放送しはじめた。時計の針は四時寸前であった。『ダイヤモンドヘッドの東海岸に、ジャップの落下傘部隊が降下した。ブルージャケツを着用、同部隊は山手のハイスクール校外雑木林に放火して、火は市内の方へ燃え拡がっている。発見者はこれを殺せ、殺せ』と絶叫している」

彼らを監視している警官たちはしゃべった。

「日本機の急降下爆撃は凄い。一五〇〇呎《フイート》の高空から鋭角に下りて来て、軍艦のマストすれすれで爆弾を落して急反転、みるみる三〇〇〇呎の高空へ上昇してゆくんだ」

と、一人がジェスチュアたっぷりと話せば、別の一人がいう。

「今朝の爆撃は独逸兵が乗っていたらしい。身体がジャップより大きかったといってたよ」[9]

第八機動部隊司令官ハルゼー中将は、オアフ島西方百五十マイル附近で、附近海域のアメリカ海上部隊の集合を待ちつつ、必死に日本機動部隊の行方を捜索していた。南雲部隊は全速力で北方に遠ざかりつつあっ

9　鹿島研究所出版会＝伊藤憲三「米国抑留記」

たが、ハルゼーにはまだその所在が不明であった。

　そのときハルゼーは、四本煙突の旧式米駆逐艦が西の方へ、恐ろしい速力で走ってゆくのを見た。彼は信号させた。

「汝は、いずこへ赴くや？」

「知らず。われ、西方に全速力で進行すべき命令を受けたり」

「本部隊に合同せよ！」

放って置いたら、その駆逐艦は燃料のつづくかぎり、中国の岸にまで、突っ走っていったかも知れない、とハルゼーは書いている。[10]

困った、とても困ったことになった

午後零時―午後一時

　戦況が大体予定通り動いているのを見て、瀬戸内海にいた主力部隊は、八日正午、柱島泊地を出撃した。

　旗艦長門につづく戦艦陸奥、扶桑、山城、伊勢、日向、空母鳳翔、第

10　毎日新聞社＝〈太平洋戦争秘史・中〉ウイリアム・ハルゼー「ハルゼー提督物語」

四水雷戦隊の駆逐艦以下約三十隻の艦隊は、夜に入って豊後水道を抜け、南へ向った。

これはしかし、ちょっと奇怪な航海であった。

三十隻の大艦隊は、貴重な燃料を無為に費やして、小笠原列島の線まで進出し、要するに何も特別なことはせず、五日後の十二月十三日、瀬戸内海の泊地に帰って来たのである。[1]

おそらくこの行動は、快捷《かいしょう》の報至って、山本五十六の「武者ぶるい」とでもいうべきものであったろう。

日本の八日正午は、ワシントンでは七日午後十時である。ルーズベルトは眠りの前のひとときを過していた。

その夜、大統領の長男、ジェームス・ルーズベルト海兵大尉は、父親が「なんの表情も浮かべず、静かに、黙って」愛用の切手収集帳を繰っているのを見た。ただ「困った、とても困ったことになった」とだけ、つぶやいていた。しかしルーズベルト夫人エリノアは、それまでの何カ月かにくらべて、夫が非常に落着いているのを見て、ついにサイが投げ

1　新潮社＝阿川弘之「山本五十六」

られたことを知ってほっとし、またこれからの日々は、それまでの長い不決断の時期よりも、かえって明瞭な挑戦の日々となってくれるだろうとひそかに考えていた。[2]

勝てば英雄、負ければ国賊

午後一時—午後二時

午後一時、大本営は相ついで発表した。

「一、帝国海軍は本八日未明ハワイ方面の米国艦隊並に航空兵力に対し決死的大空襲を敢行せり」

「一、わが軍は陸海緊密なる協同の下に本八日早朝マレー半島方面に奇襲上陸を敢行し着々戦果拡張中なり」

「一、帝国海軍は本八日未明シンガポールを爆撃し、大なる戦果を収めたり」

「一、帝国海軍は本八日未明ダバオ、ウエーキ、グアムの敵軍事施設を

2　毎日新聞社＝ジョン・トーランド「昇る太陽」

爆撃せり」
「一、わが軍は今八日未明戦闘状態に入るや機を逸せず香港の攻撃を開始せり」

緒戦で日本がいかについていたかという例が、フィリピンの航空攻撃にも現われた。

この朝からフィリピン上空で待機していた米空軍は、日本機の来襲がないので、午後の戦闘に備えるため、正午過ぎから着陸を開始した。一時半、そこへ霧のため発進の遅れた日本機約二百機が殺到した。

のちにマッカーサーに代ってフィリピン方面米軍最高指揮官となったジョナサン・ウエーンライト中将は書いている。

「……突然、接近して来る編隊の轟々という音が私の耳を打った。ザンバレス山系を背景にして敵機群がうなり声をあげたとき、私は思わず芝生の上につっ伏してしまった。やって来たのは約八〇機の大群であり、爆撃機が主力であったが、その外に急降下爆撃機や戦闘機も翼をつらねていた。……われわれは、まるで子供が、情け容赦《ようしゃ》のない年季の入ったプロボクサーと戦うよりももっと無準備に、日本との戦争に巻き込まれたのである。
……私は大型爆撃機の最後の編隊が轟音とともに立ち去ったとき、ちょうどクラーク飛行場についた。現場はまさに修羅場さながらであり、ひんまがっているものがあるかと思えば、まだ盛んに燃えているものもあり、さらに黒ずんだ大きな火柱を何本も空中に噴きあげている始末であった。はるばるハワイから飛来したばかりのB17の新編隊が数千の破片となって散乱している惨状は目もあてられなかった。機械工場も格納庫も一棟残らずなぎ倒され、将校宿舎や兵舎もけし飛んで跡形もなくなっていた」[1]
日本海軍航空隊は一撃をもってクラークフィールド、イバ所在の敵百機のほとんどを屠《ほふ》り去ってしまった。
そのころ、この年「篝火《かがりび》」を発表した四十四歳の作家尾崎士郎は、十一月に徴用され、比島派遣軍宣伝班員として、石坂洋次郎、今日出海らとともに、そのフィリピンへの遠征軍の輸送船団の中にあった。

1　原書房＝ジョナサン・ウェーンライト「捕虜日記」

「甲板にて。

午後の空は曇ってはいるが、想い起す八幡船《ばはんせん》のその昔。海の上はまるで街のようだ。これぞ世紀の大進軍というべし。生死すでに心魂を絶てり。雲の中から煙が見える。××余艘《そう》の船団が、さしてゆくのはフィリッピン、往年見不語、今日不見語。

秋風や南にうごく雲の影」[2]

岩波書店の小林勇は、幸田露伴の蝸牛庵にいた。

「先生は終日階下の室にいた。そこで戦争の話をした。真珠湾攻撃の話をしたとき、先生は、『若い人たちがなあ』といい、涙を流した」[3]

そして露伴は、「もったいない」といって涙をこぼしながら、娘の文《あや》にいった。

「考えてもごらん、まだ咲かないこれからの男の子なんだ。それが暁の暗い空へ、冷や酒一杯で、この世とも日本とも別れて遠いところへ、そんな風に発《た》っていったのだ。なんといっていいんだか、わからないじゃないか」[4]

高村光太郎はまだ丸の内の中央協力会議の議場にいた。

2　尾崎士郎「戦影日記」

3　岩波書店＝小林勇「蝸牛庵訪問記」

4　学芸書林＝「私の昭和史・証言3」幸田文

「午後一時、議場は既に人で一ぱいであった。やがて閣僚達が人を押し分けて揃って入場した。東条首相の決然たる面貌を私は遠くから凝視した。開会が宣せられ、宮城遥拝《ようはい》、皇大神宮遥拝が終ると、議場の中央から実に静かに詔書が議長の前に捧げられた。議長はそれを謹厳に、ゆるやかに、しかし淀《よど》みなく捧読する。議場には息の音もしない。個々の人影はまるでなくなり、ただ一団の熱気の凝塊が感じられた。やがて英霊に対する感謝、将兵の武運長久祈念の礼があって、そのまま会議は終了し、つづいて総裁、議長、情報局総裁の挨拶演説があった。力に満ちた東条総裁の簡潔な挨拶はよく人の肺腑《はいふ》を貫いた。

宣言決議案の案文が委員達によって出来上ると、会議職員等二千人にあまる人は四列縦隊をつくり、米英膺懲《ようちよう》の旗をなびかせて宮城前に行進した。宮城前には既に四方から団体の列が集まっていた」[5]

このとし四月、「得能五郎の生活と意見」を発表した三十七歳の作家伊藤整は、速達を出すために家を出て電車道へ出る途中で、宣戦布告とつづいてハワイ空襲のラジオニュースを聞き、そのラジオの聞える家の前に立ちどまっているうち、これまた身体の奥底から一挙に自分が新し

5　高村光太郎「十二月八日の記」

いものになったような感動を受けた。

「私は急激な感動の中で、妙に静かに、ああこれでいい、これで大丈夫だ、もう決まったのだ、と安堵の念の湧くのをも覚えた。この開始された米英相手の戦争に、予想のような重っ苦しさはちっとも感じられなかった。方向をはっきりと与えられた喜びと、弾むような身の軽さとがあって、不思議であった。

私は歩きながら、対英米の宣戦布告の御詔勅が発布されましたという言葉を、ラジオの洩れる家の前で立ち聞きし、その文言はよく理解されぬながら、このみことのりのままに身を処するしか今は何もない、と思うのであった。軍歌の放送されるのを背後に聞きながら、私はこの記念すべき日の帝都を見ておかねばならぬ、と、やっと、自分の心ひかれる方向を見定めた」

通りへ出る角に、以前風呂屋であったのが今は工場になっているのがあって、そこにトラックを置いて、四、五人の男たちが荷物を積み込んでいた。

「私は、今日、この大いなる日に彼らはどんな顔をし、どんなことを話し合っているのか、と不思議なものを確めるような気持で近づいた。

　男たちは粗末な戦闘帽をかぶったのや、飴色《あめいろ》のコール天の労働服を着たのや、国防色の服を着たのやさまざまであったが、『そいつをうんと押してくれよ』などと言って、極くあたり前に声高に話しながら働いていた。彼らのその様子は、一瞬信ずることのできない情景として私の眼に映った。だがそれは、戦争はもう知っているのだが、まあ、仕事は仕事として片づけなくちゃ、と言っているようでもあった」

「それから私は郵便局へ抜ける近道へ入って行った。すると五十坪ほどの空地で、甲斐甲斐《かいがい》しくモンペで身づくろいした女たちが五、六人で防空壕を掘っている。彼女は何か楽しいことのように喋《しゃべ》り合いながら、せっせと働いていた。また片隅では五十すぎの男が細君に手伝わせて、畳一畳にも足りない小さな防空壕を掘りセメントの古い塊や石などでせっせとまわりを築いている。それを見て、はじめて、私は、ここに戦争を意識して行動している人たちを見た、と思い、ほっとした」

　それから伊藤整は新宿行きのバスに乗る。

「バスの乗客は一人一人、この戦争の重大さにひたと直面した硬い表情をして、まっすぐ前を見、車内には一種異様な空気が漂っていた。

私と並んで、軍刀をつった伍長が一人立っていた。まだ若く、鉄縁眼鏡をかけ、教育のあるらしい顔をしていた。次第に人が混んで来て、私はその兵士と肩を押し合った。私はその間に段々とその伍長に親愛なものを感じて来、『いよいよ始まりましたね』と話しかけたくて、むずむずした[6]」


一時前後、東条は陸軍省の大講堂でも部員を集めて訓示した。兵務局長田中隆吉は軍務局長武藤章と隣り合って立ってこれを聞いた。

田中はいう。

「訓示の直前、武藤は、

『これで、東条は英雄になった』

と言った。私は、

『国賊にならなければよいが』

と言った。武藤は、

『そうだ、失敗したら国体変革までゆくからまさに国賊だ。しかし緒戦

6　伊藤整「十二月八日の記録」

がうまくいったから、そんなことにならんだろう』
と答えた」[7]
しかし後の東京裁判での武藤の証言によると、「これで東条は英雄になった」といったのは田中の方で、武藤は「だが負けたら国体変革までゆくから、英雄どころか国賊になるかも知れない」と答え、あとで、このような国家の大事を東条個人の問題に変える田中ごとき人物にそのような応答をしたことを悔いたと述べている。[8]

この日の東京・この夜の真珠湾　午後二時—午後五時

作家伊藤整はいったん新宿へいったが、今日の新聞だけは全紙揃えておきたいと思いつき、またバスで半蔵門に乗っていった。
「電車道を越えてお濠ばたに出た。この日はうすく靄《もや》のかかった全く風のない晴れた日であったが、お濠ばたの景色は何とも言えず美しかった。

7　山水社＝田中隆吉「軍閥」

8　雄松堂＝「極東国際軍事裁判速記録」

芝草の斜面に植えられた松と石垣とがうっすらと靄にぼかされ、音も立てずに鳥が下の水面で飛んだり、浮いたりしている。その向う、濠の水面のかなたに日比谷、有楽町、京橋方面の建物が夢のようにぼんやり浮かんでいた。その美しさに私は恍惚《こうこつ》となった。これがこの日においての日本の首都東京だ、と思った」

「私は桜田門から二重橋の方へ入った。あちこちに参拝する人が佇《たたず》んだり、坐ったりしている中を、向う側からカーキ色の服を着た中学生らしい一団が引率されて縦隊をなして進んで来た。みんな一人一人が若々しく、きっとした顔をし、身体をまっすぐにしているのが、圧倒的に私の心に応えた。一致した集団の精神の純潔さは、その人数だけに拡大された感動の量でもって私にのしかかり、私は涙ぐむのであった。この一人一人の中学生が日本の臣民であるように、私もまた単純な一個の臣民であります。私はそう自分に言うように中学生たちの横隊になった列のあとから宮城を拝した」[1]

五十七歳の作家武者小路実篤も昂奮して歩いていた。

「真剣になれるのはいい気持だ。僕は米英と戦争が始まったのに、何と

1　伊藤整「十二月八日の記録」

なく昂然とした気持で往来を歩いた。自分の実力を示して見せるという気くるものなら来いと云う気持だ。持だ」[2]

昭和十三年、「人民戦線」に関係し治安維持法違反で検挙され、翌年出獄していた文芸評論家青野季吉は日記にしるした。

「午後、使いに出た妻が息せき切って飛び込んで来て、午前六時のラジオで、戦争始まれりと報道されたと呼ぶ。いよいよ来るべきものが来たのだ。みたみわれとして一死報国の時が来たのだ。飽まで落付いて、この時を生き抜かん。午後三時半の臨時ニュースに於て英米軍に対する一戦布告の御勅語を拝す。無限の感動に打たれるのみ」[3]

昭和十二年「生活の探究」を発表し、そのころ鎌倉に住んでいた三十八歳の作家島木健作も、その朝の大詔をきいて、総身がふるえるような厳粛な感動に打たれて涙を浮かべた。

「妖雲を排して天日を仰ぐ、というのは実にこの日この時のことであった。眇《びょう》たる自分ごときもののこの偉大な時に際会しての生くる道もこの意志の下に決定されたのである。

2　武者小路実篤「一作家の手記」

3　河出書房新社＝「青野季吉日記」

日暮れ前に私は外へ出た。この静かな町の道行く人々の顔にも決心のいろがあらわれていた。行きずりに逢う人がたがいに見交す眼には、話しかけたいような、親しげないろがあった。公孫樹《いちょう》の葉があらかた落ちつくしている八幡宮の石段には、戦勝祈願の人々の群れが早くも刻々にふえつつあった」[4]

おそらくこの午後のことではなかったかと思われる。細川護貞侯爵は書いている。

「開戦の日、私は華族会館に近衛さんを訪れた。周囲の人々は真珠湾の勝利にざわめいていたが、彼は浮かぬ顔をしていた。私が室に入ってゆくと、ゆっくりと立ち上って廊下に出て来て、『えらいことになった。僕は悲惨な敗北を予感する。こんな有様はせいぜい二、三カ月だろう』と沈鬱《ちんうつ》な声でいった」[5]

日本の八日午後二時―五時は、ハワイでは七日午後六時半―九時半であった。夕刻前から曇り出したオアフの空からは風さえ伴った雨が降り

4 島木健作「十二月八日」

5 細川護貞「近衛公の生涯」

はじめていた。

ついに日本機動部隊のゆくえをつきとめかねたまま、ハルゼーはパールハーバーに帰って来た。ハルゼーは書いている。

「空母エンタープライズがパールハーバーに入港した時には、すでに日が暮れていたが、私は歯ぎしりするような情景を眺めなければならなかった。中でも、同艦がいつも停泊する場所で撃沈されていた標的艦ユタの状況はひどかった。

私はただちにボートを下ろさせ、キンメル長官のもとへ向ったが、同夜港内では、なんでも動くものを見れば機銃を射ちまくっていたので、私の乗っていたボートの周囲にもひっきりなしに弾が落ちた。暗くて命中しなかったのは仕合せなことであった。

さて、キンメルの手許には種々の情報が届けられており、その中には『八隻の日本輸送船団、バーバー岬に現わる』とか『日本グライダー空挺隊、カネオへに降下』とかいう報告もあった。しかも、空挺隊の服装まで、まことしやかにつけ加えてあったので、私は思わず噴き出して笑ってしまった。するとキンメルは開き直って私の方を向いてどなった。

『何ごとだ、一体全体ここで笑うとは！』

　そこで、私は答えた。

『きょうはずいぶんひどいデタラメを聞かされて来たが、こいつは一番ひどい。大体日本の基地からグライダーを引っ張って来られやしないし、空母がそんなあほらしいものを積んで来るわけがない』

　キンメルと幕僚たちは、日曜の白服を着ていたが、それは皺《しわ》だらけになって汚れ、剃刀《かみそり》をあてていない顔はやつれはてて、はたの見る目も気の毒であった」[6]

　午後九時過ぎ、ラジオがまた叫んだ。

「真珠湾にまた空襲」

　そしてオアフ島の空は対空砲火に彩られた。

　このことを当時総領事館にあった伊藤憲三は「雨が小止みの十時頃、真珠湾方向の夜空に大爆音と砲声を聞く」と書いている。

　当夜なおオアフ島から十キロの海面にあった伊号六十九潜はこの「大爆発」を望見し、その後十時四十一分（ハワイ時間）湾内の生存していた特殊潜航艇の一隻から「ワレ襲撃ニ成功ス」という無電を受けたとい

6　毎日新聞社＝〈太平洋戦争秘史・中〉ウイリアム・ハルゼー「ハルゼー提督物語」

う。

しかしこれは当夜、エンタープライズから飛び立って哨戒《しょうかい》にあたっていたグラマン六機を、高射砲隊の錯乱から日本機の再襲来と誤って四機まで撃墜してしまった騒ぎと混同したものであるといわれる。[7]

この戦はいろいろ曲折もあるべく……

午後五時—午前零時

日本の運命の日は暮れてゆく。

六十三歳の作家永井荷風は、この日まったく発表のあてのない小説「浮沈」を蒲団《ふとん》の中で起稿し、夕暮町へ出た。

「晡下《ほか》土州橋に至る。日米開戦の号外出づ。帰途銀座食堂にて食事中燈火管制となる。街頭商店の灯は追々に消え行きしが電車自動車は灯を消さず、省線は如何にや。余が乗りたる電車乗客雑踏せるが中に黄いろい声を張上げて演舌をなす愛国者あり」[1]

7　朝雲新聞社＝防衛庁戦史室「ハワイ作戦」

1　岩波書店＝〈荷風全集〉「断腸亭日乗」

「大東亜戦争の詔勅の下った日、即ち昭和十六年十二月八日の夜」

と、谷崎潤一郎は書いている。

「私は定《さあ》ちゃん（谷崎の友人で食通の材木商）に摑《つか》まって上野広小路の四つ角から黒門町へ寄った方の、松坂屋の反対側にあった蛇の目寿司の暖簾《のれん》をくぐっていた。定ちゃんはその時分第二夫人の下谷のSと云う人に新梶田屋と云う待合をやらせてい、この界隈《かいわい》では顔が利いていたので、定ちゃんと一緒に行けば蛇の目寿司でも取って置きのものをいろ〳〵こっそり食わせてくれた。定ちゃんも私もビフテキが好きであったが、蛇の目寿司では肉の代りに鮪《まぐろ》の凄い奴を大きな切り身にしてビフテキ風に焼いてくれたので、私達はそれをマグテキと称して賞美した。今考えてもあの時代にあの寿司屋に、あんなに白い米の飯があり、あんなに豊富に各種の魚肉があり、あんなに芳醇《ほうじゅん》な灘の生一本があったのが奇蹟であるが、定ちゃんはお膝元のことであるから、殆ど毎夜通い続けていたらしい。而《しか》もその晩は開戦当日のことなので、私は必ずフィリピンかハワイ辺から時を移さず爆撃機が襲来することと思い、ビクビクしながら食べていたが、そのスリルの故に一層その夜のマグテキは美味に感ぜられた」[2]

　太宰治は書いている。

「銭湯へ行く時には、道も明るかったのに、帰る時には、もう真っ暗だった。燈火管制なのだ。もうこれは、演習ではないのだ。心の異様に引きしまるのを覚える。でも、これは少し暗すぎるのではあるまいか」[3]

　三十歳の作家野口冨士男は、戦争が始まった以上もうアメリカ映画は観られなくなる、と思って、新宿の「昭和館」という映画館へ出かけた。

「新宿へいってみると、それでも『スミス都へゆく』は、私たちをふくめてなお十人をすこし越える程度のまばらな観客を対象に、ほそぼそと上映されていた。そして、その映画は皮肉にもアメリカ民主主義の精神を鼓吹したものであった。リンカーンの巨大な坐像なども画面にはあらわれたと記憶するが、そのあいだにも昭和館の右隣りにあったカフエからはまことに傍若無人な感じで、日本の緒戦を告げるラジオ放送と軍艦マーチが間断なく高らかに鳴りひびいて来て、ともすればスクリーンの声を掻《か》き消してしまうのであった。私は軍艦マーチのあいだから、なんとかジーン・アーサーの声を聞き取ろうとした。そして、声がきこえな

2　中央公論社＝〈谷崎潤一郎全集〉「高血圧症の思い出」

3　太宰治「十二月八日」

い時には彼女の顔だけを食い入るようにみつめて、戦争の中から戦争とは違うものを懸命になってもとめていたのであった。赤子連れの外出のために時間を取られて、私たちが映画館に入ったのは午後の二時と三時のあいだごろであったろうか。いずれにしろまだ明るいうちのことであったが、観おわって外に出ると、燈火管制の新宿の繁華街は真暗で人影もとぼしく、夜の冷気が肌を裂いた[4]」

六十三歳の作家正宗白鳥は、その夜、中央公論主催の国民学術協会評議員会に出席するために丸の内の会場へ出かけていった。

「十二月八日の当夜は、理事長桑木厳翼をはじめ、穂積重遠、松本烝治、牧野英一、東畑精一、清沢洌、三木清など、十人ばかりが参会していた。いつもの議論風発とちがって、憂鬱な空気がただよっていた。なかには、『これで溜飲が下がった』と空虚な笑いを浮かべた人もあった。日本の対支行動が英米に邪魔されていたのを意味していたのだ。清沢は『けさ開戦の知らせを聞いた時に、僕は自分達の責任を感じた。こういう事にならぬように僕達が努力しなかったのが悪かった』と、感慨をもらした。しかし、清沢の手のひらで、時代の激流を止める事は出来ないだろうと、

4　講談社＝野口冨士男「暗い夜の私」

私は滑稽味《こっけいみ》を感じた」[5]

その夜、医学生の加藤周一は、文楽の引越興行の切符を持っていたので新橋演舞場へいった。

「銀座四丁目で降りると、街は暗かった。新橋演舞場のまえには、ほとんど人通りがなく、ほの白い夜空の下に演舞場の建物だけが黒い大きな塊のように静まり返っていた。なるほど引越興行は中止らしい、と私は思った。しかし念のために入口まで行ってみると、意外にも、入口は開いていて、受付の男もいた。観客の姿はどこにも見えなかったが、私は切符をさし出して、劇場の中へ入った。二階の観客席には、私の他にひとりの客もいなかったので、私は前へ行って、真中の席に坐った。平土間を見下すと、四、五人の男が、離れ離れに坐っているだけで、芝居のはじまりそうな気配はない。支配人か何か出て来て、切符の払戻しの説明でもするのだろう、と私はもういちど考えた。そのときである、義太夫の語り手と三味線の男があらわれて、席に着いたのは。『相勤めまする太夫は……』という名乗り、あのさわやかな拍子木の音が、客のいない劇場に鳴り響いた。そして幕があき、人形が動き出した。私は忽ち義

5　河出書房＝正宗白鳥「文壇五十年」

太夫と三味線の世界のなかへひきこまれていった。『今頃は半七さん……』――たしかにそれは異様な光景であった。古靫太夫《こうつぼだゆう》は、誰も見ていないところで、遠い江戸時代の町家の女となり、たったひとり、全身をよじり、声をふりしぼり、歎き、訴え、泣いていた。もはやそこには、いくさも、燈火管制も、内閣情報局もなかった」[6]

しかし国民の九十九パーセントまでは勝利に有頂天の夜を過した。

午後八時四十五分にハワイ海戦の詳報第一報が大本営から発表された。

「本八日早朝、帝国海軍部隊により決行せられたるハワイ空襲に於て現在までに判明せる戦果左の如し。戦艦二隻轟沈、戦艦二隻大破、巡洋艦約四隻大破。以上確実、他に敵飛行機多数を撃墜撃破せり。

我方飛行機の損害軽微なり。

わが潜水艦はホノルル沖において航空母艦一隻撃沈せるものの如きもまだ確実ならず。

本日全作戦においてわが艦艇損害なし」

上林暁は書いている。

---

6 加藤周一「羊の歌」岩波書店＝

「『よかったわねえ、一隻も損害なしだって』と、二人連れの女学生が、歩き出した私達を追い抜いて行った。『航空母艦一隻を撃沈せるものの如きもまだ確実ならず、と余韻を持たしているところがいいですね』と私がいった。『マニラ、シンガポール、香港、グアム、ハワイ、敵の空軍基地は全部爆撃されたじゃないですか。有難いですね』八浜さんが安心した声でいった。

路地の突き当りの電柱の肩に、上のひしゃげた黄色い月が静かに昇っている。『いい月だなア』と八浜さんが顔を月に向けた」[7]

五十四歳の作家長与善郎は「生きているうちにまだこんな嬉しい、こんな痛快な、こんなめでたい目に遭えるとは思わなかった」と書き、徳川夢声は「今日の戦果を聴き、ただ呆れる」と書きとどめた。

四十四歳の作家横光利一は、この夜銃後文芸講演に大宮へ出かけた。彼は書いている。

「先祖を神だと信じた民族が勝ったのだ。自分は不思議以上のものを感じた。出るものが出たのだ。それはもっとも自然なことだ。自分がパリ

7　上林暁「歴史の日」

にいるとき、毎夜念じて伊勢の大廟を拝したことがついに顕れてしまったのである」彼は大宮からの帰り「この日の記念のため」宋の梅瓶を買った。[8]

評論家浅野晃は書いている。

「その夜は、近所の水野成夫君の宅で夜を徹して祝盃を挙げた。御稜威《みいつ》のもと、生きてこの盛事に逢うことの出来た悦びをくり返し語り合った」

この日未明より終日にわたって死闘をつづけたコタバル上陸戦も、午後十二時ようやく飛行場占領を以て成功しようとしていた。しかしその夜七時には、戦艦プリンス・オブ・ウエールズ及び巡洋艦レパルスを率いる英国東洋艦隊のサー・トム・フィリップス提督はシンガポールを出撃し、山下兵団めざして北上しつつあった。

日本の八日午後十二時はハワイの八日午前四時半である。ハワイにとって悪夢の二日目の朝が訪れようとし海はまだ暗かった。その暗い海を、苦闘に疲れ果てた最後の特殊潜航艇から逃れ出した酒巻和男少尉が「私

8　河出書房〓〈横光利一全集〉横光利一「日記」

はりっぱな軍人でなくてもいい、人間の道を選ぼう」という生命の呼び声に憑《つ》かれて、オアフ島へひとり泳いでいった。「捕虜第一号」となるために。[9]

十二月八日の終り近く、豊後水道から太平洋へ出た連合艦隊の「長門」では山本連合艦隊司令長官が自室でひとり静かに墨を走らせていた。

「述志　昭和十六年十二月八日

此度は大詔を奉じて堂々の出陣なれば、生死共に超然たることは難からざるべし。

ただ此戦は未曾有の大戦にして、いろいろ曲折もあるべく、名を惜み己を潔くせむの私心ありてはとても此大任は成し遂げ得まじとよくよく覚悟せり。されば、

大君の御楯とたたに思う身は
名をも命も惜しまさらなむ
山本五十六　花押」

9　酒巻和男「特殊潜航艇発進令」

最後の十五日——昭和二十年八月——

マッカーサーはじめて原爆を知る

八月一日（水）

この日、マッカーサーはマニラで「オリンピック作戦」（九州進攻）の細目を決定した。それは上陸作戦を十一月一日とし、十四個師団をもってし、鹿児島県の吹上、枕崎、有明湾、宮崎の四海岸から同時に行うというものであった。[1]

同日に米陸軍航空隊司令官カール・スパッツ将軍はワシントンからマニラに飛んで、この日はじめてマッカーサーに原爆攻撃のことを説明した。マッカーサーはそれまでアメリカで原爆が作られていることも知らなかった。彼はじっと耳をかたむけていたが、やがて、一言ポツリといった。

「これはわれわれの戦争概念を根本的に変えるものだ」[2]

テニアンでは、「リトル・ボーイ」が冷房つきの倉庫の中で組立てら

1　文藝春秋新社＝伊藤正徳「帝国陸軍の最後」

2　光文社＝F・ニーベル、C・ベイリー「もはや高地なし」

れた。そこはいつも湿度が四十〜五十パーセントに保たれていた。「リトル・ボーイ」は見たところ別に変ったところはなかった。そのケースは長さ四・三メートル、直径一・二メートルの普通のケースで、全重量四・五トンそこそこの爆弾であったが、これこそ戦争に革命を起し、文明そのものに疑問を呈する原子爆弾であった。[3]

横須賀海兵団に一等水兵としてあった作家野口冨士男の手記。

「二〇・〇〇、警急呼集あり。

半舷上陸の時には警戒警報でも駈け戻らねばならぬという規則は、湯外出の場合は適用されていなかった。それが、この晩だけは市中へ隈《くま》なくラッパを吹き廻って外泊中の全員が団内へ呼び戻された。海兵団の歴史でも最初の出来事ではなかったかと思う。

二〇・四〇—〇三・二〇退避。

退避も六時間半という長時間に及んで、横須賀警備隊では陸戦隊編制の処置が執られたということであり、団内も敵の上陸に備えて竹槍などが持ち出される始末で、まことに物情騒然たる一夜であったが、それら

---

3 光文社＝F・ニーベル、C・ベイリー「もはや高地なし」

はいずれも大島沖を有力なる敵大機動部隊が北上中という情報が入ったために執られた非常措置であった。が、それにも拘《かかわ》らず、航空機偵察によって敵の大艦隊と認められたものの正体は夜光虫であったことが後になって判明したのであるから、正体見たり枯尾花ではないが、無敵海軍血迷ったりと言われても致し方なかったであろう。敗戦を旬日の後に控えて、日本軍は『ものの影におびえる』ような状態におちいってしまっていたのである」[4]

鹿屋《かのや》にあった第五航空艦隊司令長官宇垣纏中将は、米軍の進攻に備え、七月三十日から司令部を大分基地に移動させつつあったが、宇垣自身は天候険悪のため飛行機出発が出来ず、まだ鹿屋基地に留っていた。そしてこの夜、鹿屋の水交社で残留幕僚一同と「厄払いの小宴」を開いていた。

「飛報飛んで壕陣に帰る。曰《いわ》く二二・三〇頃に伊豆大島の東方を敵船団三十隻三列にて針路北東、その見張報告に基きGB（連合艦隊）は三区決号作戦警戒を下令するやら、横鎮は面喰って攻撃命令を出すやら、挙軍一斉に一大動揺を来せり。間もなく飛行機の偵察に依り右は夜光虫の

4　現代社＝野口冨士男「海軍日記」

誤りと判明凡《すべ》ては元に戻されたり。決戦期迫ると雖《いえど》も斯くの如きは来る来ると思込み而《しか》も頼み少き場合に生起する事昨年ダバオに於《お》けると同様なり。大いに戒飭《かいちょく》して沈毅《ちんき》なる処置を要す」[5]

五月から七月までのあいだだけでも、ソ連軍の兵員と軍需物資を積んだ十三万六千車輛が西方から極東とザバイカル地方に到着し、八月一日、ソ連極東軍の総兵員は八八万五四七八人に達していた。[6]

八月二日（木）

極秘攻撃目標――広島

この朝零時ごろからB29約七十機は富山を襲った。夜が明け、真夏の太陽が立山の空に昇るにつれて、灰燼《かいじん》に帰した市の全貌がさらけ出された。炎熱の下に熱気と死臭のたちこめる焦土を、血走ったうつろな眼で子の魂を呼ぶ母、親のなきがらを求める子らの地獄図絵を、立山はコバルト色の空にそびえて冷然と見下ろしていた。死者は二千二百七十五人、

5　原書房＝宇垣纏「戦藻録」

6　弘文堂＝ソ連共産党中央委員会「第二次世界大戦史」

重軽傷者は七千九百余人であった。

同じ時刻、八王子もまた三百二十機に襲われた。作家瀧井孝作は書いている。「私共は、未だ止まないか、未だ止まないか、と上空を振向いていた。こんな小さい八王子の街に何時間掛るつもりか」市の大部分は焼き払われた。[1]

阿南陸相は焦燥して、この日電話で航空総軍の田副登参謀長に「何をしておるか」と叱責《しっせき》した。参謀長はそのまま引籠《ひきこも》ってしまったので、河辺正三航空総軍司令官は幕僚を陸相のところへやって、

「敵機を防ぐ智恵があったら貸していただきたい」

と、自棄的な逆ねじを食わせた。[2]

同日、広島では広島逓信病院長蜂谷道彦博士が、自宅に訪ねて来た従弟の占部軍医大尉に悲観論を述べた。

「こう物がなくなり兵隊がお粗末になっては、戦争は負けだ。屋根の上に揚げた防火用の樽《たる》などはナンセンスだ。広島の高射砲なんて、屁《へ》のつっぱりにもならん」

中国で転戦した経歴を持つ占部大尉は意気軒昂としていった。

1　ノーベル書房＝「私の空襲体験」、講談社＝「十九人の証言」

2　朝雲新聞社＝防衛庁戦史室「本土防衛作戦」

「まあ、兄さん、心配するな。参謀長は、国民が何といおうと断じて気にとめる必要なし、軍は必ず勝利をもって国民に応えるといってましたよ」[3]

四日後の広島の運命は悪魔のみぞ知る。

いや、人間でも知っている者があった。

米第二〇軍司令部で、テニアンの五〇九部隊の第十三特別爆撃隊に対する極秘の作戦命令がタイプされた。予定日は八月六日と決った。爆撃高度は二万八千フィートから三万フィート、飛行速度は時速二百マイル、爆撃は目測による。

攻撃第一目標は広島市中心部と工業地域。

予備第二目標は小倉の造兵廠と同市中心部。

予備第三目標は長崎市中心部。

命令書の三十二枚の写しが、テニアン、グアム、硫黄島の特定の将校に配布された。[4]

八月九日にトルーマン大統領は、「世界は最初の原爆が広島という軍、

3　朝日新聞社＝蜂谷道彦「ヒロシマ日記」

4　日本経済新聞社＝ジョセフ・マークス「ヒロシマへの七時間」

事基地に投下されたことを心に留めるであろう。われわれがこうしたのは、出来る限り非戦闘員の殺傷を避けたいと思ったからである」と声明したが、それが偽りであることはこの八月二日の作戦命令書を見れば明らかである。

　そのトルーマンはまだドイツのポツダムにいた。八月二日午前三時（日本時間午前十一時）トルーマンはポツダム会談が正式に終ったことを宣言し、次回の会合はワシントンでやりましょう、と希望を述べた。スターリンはいやみたらしくいった。

「もし生きていたらね」[5]

　スターリンの敵愾心《てきがいしん》はすでに日本などを問題にせずアメリカに向けられていた。

　それでも日本はスターリンにすがりつこうとしていた。

　近衛特使をソ連に派遣することなどは無意味である。それよりも日本は一刻も早くポツダム宣言を受諾すべきである、というモスクワ駐在の佐藤尚武大使の業を煮やした意見具申に対し、この日東郷外相は次の内

5　読売新聞社「昭和史の天皇」

容の返電を送った。

「終戦のためにはソ連の斡旋《あっせん》をとりつけることだけが政府の方針である。目下の急務はただソ連に特使を同意させることである。何とかしてソ連に同意させるように努力されたい。一日を失うことは悔いを千載に残す」[6]

政府は何をなしつつあるか

八月三日（金）

佐藤大使は返電した。

「ソ連に近衛特使の来訪を受諾せしめ得べきや本使は遺憾ながら自信を有せず」

この日、元外相有田八郎は米内海相に手紙を書いた。

「……この際率直に申し上げ度きは、政府は何をなしつつあるかを疑わざるを得ず、今日なお遅疑逡巡《ちぎしゅんじゅん》の観あるは、何としても小生の諒解し能《あた》

6　新聞月鑑社＝外務省編「終戦史録」

わざることに御座候。この期に及《ご》んでなお互に腹の探り合いの如き態度を脱する得ざるものとせば、至尊をして独り社稷《しゃしょく》を憂えしむるの罪誠に軽からざるものありというも過言に非ずと存じ候。小生は貴兄の起つべき時は『今』なり。機を逸すれば遂に国をして救うべからざる境地に陥らしめ、貴兄の陛下の殊遇に酬《むく》ゆる時機は永遠に失わるべきを痛感致し候」[1]

比島敗戦の苦をつぶさになめた元駐比大使村田省蔵は日記に書いた。

「敵の侮蔑的態度は益〻《ますます》嵩《こう》じ予告の下に襲来するなど其傲慢《ごうまん》なる態度憎みても余りあり。それかあらぬか、軍需省の航空局は昨夜急遽《きゅうきょ》上野毛附近に移転せり。軍人の逃げ足の早き上級者に至る程甚だし。防御陣地には尉官級を止め司令部は安全地帯に大がかりの避難所を設営し甚だしきは私的物資の蔵置すらなしおるものありなど卒伍の噂《うわさ》となる」[2]

この日、正午ごろP51百機が厚木飛行場に来襲した。

このころ、附近の村人は噂していた。「日本の戦闘機は空襲が終ると出て来る」その通り、敵の本土上陸に備えて兵力を温存するという方針であったので、この警報を受けたときも群雀のごとく、「銀河」は石川

1　光和堂＝有田八郎「馬鹿八と人はいう」

2　原書房＝村田省蔵「比島日記」

県の小松へ、「月光」「彗星」は群馬の前橋へ退避し、雷電一機と零戦四機が地下格納庫へ、その他は松林の中へ退避、飛行場には模型の木造飛行機だけが残された。

やがてP51の大群が来襲し、銃撃の嵐を荒れ狂わせたのちに去って間もなく、横鎮から「P51一機が江の島沖に墜落、搭乗員は落下傘で海面に降下、B24二機がゴムボートを投下した。また敵潜水艦も浮上、現場へ急行しつつあり」という情報が入った。

地下格納庫にかくしてあった零戦四機ははじめて飛び立った。

森岡寛大尉を隊長とする零戦四機が江の島沖に急行すると、B24二機以外にP51四機も大空を旋回していたが、空中戦の末、P51一機を撃墜した。すると残機は遁走《とんそう》をはじめ、潜水艦も潜航した。

零戦は海面にとり残されたゴムボートを銃撃した。乗っていた搭乗員は海へ飛び込み、ゴムボートはひっくり返った。凱歌をあげて厚木に帰った零戦隊にはその夜一貫目の牛肉が褒美として与えられた。それに値する近来唯一の「勝利」であった。[3]

しかし、真に嘆ずべきは、江の島沖でこれほど至れり尽せりの味方兵

3 今日の話題社＝〈太平洋ドキュメンタリー〉森岡寛「厚木零戦隊戦記」

士の救助作業をやってのける米軍の余裕であった。

同日、カーチス・ルメー将軍が最終的な打合せをするためにテニアンにやって来た。そして原爆投下作戦をさらに周到にするために、カーク・パトリック大佐を硫黄島に飛ばせた。

それは原爆搭載機が離陸後万一不時着のやむなきに至ったとき、テニアンにはかけがえのない科学者の一団が来島しているので、硫黄島の方に不時着させる連絡のためであった。またテニアンから飛び立つB29と同様の特大爆弾投下口を備えたB29を硫黄島にも配備するためであった。[4]

これは恐るべき「至れり尽せり」であった。

今や国家は滅亡の一歩前にあり　　八月四日（土）

ビルマでは悪戦苦闘、ようやくイラワジ河を渡って東方のペグー山系に退却した日本軍は、この半月英印軍の急追を受けて、さらにシッタン

4　日本経済新聞社＝ジョセフ・マークス「ヒロシマへの七時間」

河を渡って逃れようとしていた。

英第十四軍司令官スリム中将の手記「敗北から勝利へ」にいう。

「シッタン河の渡河は、日本軍に対する厳しい最悪の試練であった。彼らは筏《いかだ》を乗り入れんとするところを奇襲され、彼らが泳ぎ、または丸太にすがって漂っているところを狙撃された。

しかし、八月四日、英印軍の攻撃から逃れた第二十八軍はついにシッタン河東方に達した。そのときビルマでの戦いは終った。

第二十八軍司令官桜井中将は、輸送力なき部隊を以て組織的な脱出作戦を試みたが、まことによくやったと讃辞を呈すべきである。

しかし、日本軍の損害は、六千名以上の屍体《したい》が英印軍によって発見された。さらに多くの者が水中や水草の中で発見されずにいたはずである。

この作戦を通じて驚くべき顕著な特徴が認められた。それは日本軍の降伏の割合である。六千名の屍体に対し、日本軍は七四〇名の捕虜を出した。この比率はこれまでのビルマにおける戦闘の十倍も多いものであった。英印軍の戦死者はわずか九五名に過ぎなかった」

同日、駐ソ大使佐藤尚武は打電した。
「講和条件のいかなるものなるべきやはドイツの例に観るまでもなくすでに明らかにして、多数の戦争責任者を出すことも予《あらかじ》め覚悟せざるべからず。さりながら今や国家は滅亡の一歩前にあり。これら戦争責任者が真に愛国の士として従容《しょうよう》帝国の犠牲者となるも真に已《や》むを得ざる所とすべし」[1]
この日、村田省蔵のところに三井物産の小室専務が訪問して、次のような痛嘆を洩《も》らした。
「最近またまた各方面に召集令が来て、食糧増産や軍需産業に従事している者まで徴集されている。ある知り合いの農家では八反の田地から二十七俵の収穫を得ていたのに、働き手を失って残った女子供ではどんなに働いてもそれだけの収穫を得ることは難しい。では召集された働き手は何をしているかというと、軍ではろくに銃器も与えられず、訓練どころか壕掘りをやらされているという始末だ。そこで農家の手助けをしろと、たまたま休暇をもらって帰隊するとき、鋤《すき》や鍬《くわ》を持って帰ると上官からお褒めにあずかる。これは軍隊の農具求集策ではないか」

1　新聞月鑑社〝外務省編「終戦史録」

と、話し、またいった。

「とにかくちゃんばらばかりやっていては、見物も倦《あ》きるし役者も疲れてしまう。われわれの作者は何を考えているのか。たとえ愁嘆場でもいいから筋書が出来ているなら、われわれは安心して一生懸命ちゃんばらをやる。若い者は駄目だというのはいつの世にも老人の繰り言だが、このごろの三十から四十にかけての連中のやっていることには、生活苦もあろうが、その不甲斐なさに呆れる。また近ごろの兵隊の素質は極度に低下し、至るところに泥棒行為をやるものさえふえている」[2]

内田百閒は日記に書いた。

「八月四日土曜日　夕早目ニ会社カラ帰ル。今日ハ配給ノ麦酒三本アリ。冷蔵庫ヤ氷ハ叶ワヌ事ナレドモ汲ミ立テノ井戸水ニ冷ヤシテ三本続ケ様ニ飲ミ大イニヤレタリ。然ルトコロ半月ニ及ブ穀断《こくだち》ノ後漸《ようや》ク今日ノ配給日マデ漕ギツケタト思ッタラ午後家内ガ近所ノ人ト請取リニ行ッテ見ルト配給所ニオ米ガ無イトカニテ六日ニ延ビタ由ナリ。先日来既ニオ米ヲ食ベル食ベナイノ問題デナク代リノ粉モ中川サンカラ二度目ニ貰ッタ澱粉《でんぷん》米モ大豆サエモ無クナッテイルトコロダカラ配給ノ日取リノ狂ウハ

2　原書房＝村田省蔵「比島日記」

由々《ゆゆ》敷《しき》大事也。コノ二日ヲ如何ニ過ゴスカ家内苦慮中ナリ」[3]

同日午後テニアンでは隊長ティベッツと彼の搭乗員は、爆弾搭載機で投下テストを行った。九千メートルまで上昇し、投下後急角度旋回した。爆弾投下装置は完全に作動した。テニアン島は白砂糖のかかったドーナツみたいに美しかった。

この夜、原爆攻撃のB29搭乗員は、ロスアラモス爆弾研究所副所長ウイリアム・パーソンズ海軍大佐からアラモゴルドにおける第一回原爆実験の映画を見せられた。

その恐ろしくも凄じい光景は見る者の心胆を寒からしめた。パーソンズは正直に「だれも何が起るか正確にはわからないのだ」といい、パイロットは放射能の危険があるから雲の中を飛んではいけないと注意した。パイロットの中に、「そうすると子種がなくなるのではないか」と小声でささやいた者もあった。

しかもなおパーソンズ大佐は「アトミック」という言葉を使わなかった。二千ポンドの高性能爆弾といった。映画を見せられても放射能云々

3　三笠書房＝内田百閒「御馳走帖」

といわれても、搭乗員の誰もが原爆と結びつける知識を持っていなかった。[4]

広島の夜空には満天の星

八月五日（日）

この日（アメリカ時間八月四日）グルー国務次官は、陸軍省民事部が作製した対日戦後政策の文書をスチムソン陸軍長官から手渡された。

「日本人は本質的に模倣的民族である。彼らは力を非常に尊敬する。従って日本人は必ずわれわれのデモクラシーを見ならうであろう」[1]

同日、ザカライアス大佐は第十四回目の対日放送を行った。

「日本の軍事的指導者が国民に吹き込んだことといえば、日本の兵士は死ぬまで戦うべきであるということ、そして敵に捕えられて生き永らえるなどは恥ずべきことだ、という信念でありました。

しかし、戦いの様相はいちじるしい変化を見せて来ました。最近の沖

4　光文社＝F・ニーベル、C・ベイリー「もはや高地なし」

1　米国務省「米国の対外政策——一九四五年」

縄の戦闘では、日本兵の降伏が極めてふえる傾向が現われました。ビアクの戦闘でも、アメリカ軍は一九四四年六月二十一日にその島を占領し、久須目大佐は万歳を叫んで玉砕したのですが、しかし彼の部下の兵士たちの多くは、刀折れ矢尽きて、ひとりずつ、或いは集団で降伏して来ました。彼らの弘前連隊の軍旗はいま記念としてワシントンに保存されています。

この事実の意味はしごく明瞭であります。日本の下士官たちは無駄な犬死を求めるよりは、降伏を求める賢明さを持ち合わせて来たのです。それなのに、無能な日本の指導者たちは相も変らず、日本の勝利という愚かしい世迷《よま》い言《ごと》をわめきつづけているのです……」[2]

沖縄作戦を実質上指揮した高級参謀八原大佐は、六月二十三日牛島司令官の自決した摩文仁《まぶに》の洞窟《どうくつ》を変装してのがれ、三日後一介の住民として捕えられ、以来人夫として米軍に使役されていたが、八月五日ごろ、顔見知りの沖縄人に密告されてその正体を曝露《ばくろ》され、改めて逮捕された。彼はいちど自決を志したが、やがて、優秀なおれをこんなところに島

2　日刊労働通信社＝エリス・M・ザカライアス「日本との秘密戦」

流しにした連中は、今時分東京で安楽椅子に腰かけているのだろう、と思うと、「こんなところで死ぬのは馬鹿馬鹿しい」と考え出した。彼はついに俘虜《ふりよ》として生還した。[3]

しかし日本軍首脳部はまだ陸海協同で乾坤一擲《けんこんいってき》の大奇襲作戦を敢行しようとしていた。

八月十九日から二十三日までの間に月明を利して九十機を出動させ、テニアン、サイパン、グアムの各基地にいる千二百機のB29を爆砕する「烈作戦」である。

訓練は七月から行われており、八月五日には松島基地で、高松宮、小沢連合艦隊司令長官、大西軍令部次長らがこの訓練状況を視察した。[4]たとえこの作戦がうまくいったとしても、間に合わなかったであろう。そのテニアンから原爆機が飛び立ったのはこの日の夜がまだ明けないうちであった。

同じ五日の真昼、広島では、この日新しく開校された広島医専の細菌学教授北村直次は、広島貨物駅で一人の軍人が駅員に命令しているのを聞いた。

3　文藝春秋新社＝伊藤正徳「帝国陸軍の最後」

4　原書房＝「提督小沢治三郎伝」

「明日、広島に大空襲があるという情報が入っているから、いまこの駅についている野砲を是非今夜中に貨車から下ろしてくれ」

その夜広島の空は美しい満天の星であった。[5]

テニアンでは、その日昼間のうちに原爆攻撃隊長ティベッツ大佐が、自分の搭乗機の操縦席の窓の下に、ペンキで「エノラ・ゲイ」と書かせた。それは彼の母親の名であった。そのとき「日本帝国と天皇ヒロヒトに不運あれ」と落書した者もあった。[6]

同じ午後、原爆組立所の中ではパーソンズ大佐が一生懸命に働いていた。それは万一飛行機が離陸に失敗したとき原爆が爆発することを怖れ、飛行中に起爆装置を施すことを思いつき、その作業が可能であるかどうかテストして見たのであった。夕方「マンハッタン計画」副司令官ファレルがのぞいて見ると、パーソンズは作業のために、油のみならず、手を血だらけにしていた。

「おやおや、豚皮の手袋を貸してやろうか」

と、ファレルがいうと、

5　〈文藝春秋昭和四十年八月号〉＝北村直次「爆心地六〇〇米の科学者」

6　読売新聞社＝「昭和史の天皇」

「いや、どうせ〝汚ない手〟で日本へゆくんだからな」と、パーソンズは答え、「大丈夫だ。あしたの飛行中いつでもこの仕事はやれるぞ」といった。[7]

パーソンズ大佐こそ、搭乗員の中で原爆の性能を知悉《ちしつ》している唯一の男だった。だから万一彼が撃墜されて捕虜にでもなるようなことがあったら、アメリカにとって大変な災厄を意味した。彼は日本の捕虜収容所で加えられる物凄い拷問《ごうもん》のことを伝え聞いていた。そのような拷問に逢えば、果して秘密を守り通せるかどうか自信がなかった。そこで彼は万一の際の自決用の拳銃を用意させた。[8]

深夜十二時近く、かまぼこ型の爆弾組立所で、九人の原爆機搭乗員に対し、ミネアポリスのルーテル希望教会の若い従軍牧師のダウニーが祈っていた。

「主よ、戦いの終る日の一日も早からんことを。この夜飛び立つ者すべてが主の恩寵《おんちょう》によって守られ、無事に帰還し得ますことを祈り奉る。われわれは、あなたに全幅の信頼を捧げて出発いたします。

イエス・キリストの御名により、アーメン」

7 光文社＝F・ニーベル、C・ベイリー「もはや高地なし」

8 〈文藝春秋昭和三十五年八月号〉＝ミッチェル・アムライン「都市抹殺命令」

そのころ、ポツダム会談を終えたトルーマン大統領は大西洋を巡洋艦オーガスタで帰国の途につき、ちょうど夕食の時刻であった。

士官たちはトルーマンのスターリン評を求めた。トルーマンは答えた。

「箸にも棒にもかからん男さ。もっとも、向うもこちらをそう思ったにちがいないがね」士官たちは笑い、ついで、「太平洋戦争にソ連を参戦させる約束をしたか」と聞いた。

「いや、そんな取引はまったくしなかった」と、トルーマンは首をふり、「ソ連どころか、どこの国の力も借りずにすむような威力を持った最新兵器がアメリカにあるんだから」とつけ加えた。「物凄いものでね、TNT火薬二万トンに相当する爆発力があるんだよ」

そしてトルーマンは食卓を立ち、歩きかけて、ふとふりむいていった。

「歴史的な大ばくちだったよ。二十億ドルをつぎこんだのだからね。その威力を示す最終結果は、もうすぐわかることになっているんだ[9]」

9　光文社＝F・ニーベル、C・ベイリー「もはや高地なし」

スベテアッタコトカ

八月六日（月）

日本の歴史における空前の酸鼻なる十日間が始まった。

マリアナ時間午前一時三十七分（日本時間零時三十七分）テニアンから三機のB29が飛び立ち、闇の空へ消えていった。それは第一攻撃目標広島、第二目標小倉、第三目標長崎の気象状態をそれぞれ偵察するためのものであった。

約一時間後、また三機のB29が飛び立った。中央滑走路は原爆を搭載した「エノラ・ゲイ」で、隊長ティベッツ大佐、原爆投下係のパーソンズをはじめとする九人の乗組員が乗っていた。左右の二機は、それぞれデータ蒐集《しゅうしゅう》の観測機と爆発状況の撮影機であった。エノラ・ゲイが離陸したのは二時四十五分（日本時間一時四十五分）であった。

テニアン飛行場の管制塔では、空の一角に消えてゆくエノラ・ゲイの紅青色のエンジンの炎を見送ったあと、マンハッタン計画副司令官ファレルが、その結果を待つ時間つぶしに原爆の領収書なるものを作り、それにいたずら書きをした。

「通常濃度の濃縮チューブアロイ（原爆の隠語）Ｘキログラムを含む爆弾一式。

右物品はグリニッチ標準時０５―６４５Ｚにテニアンを出発。〃最後の審判〃の一部として、パーソンズ・ティベッツ合名会社によりヒロヒトのもとへ送りとどけられるものである」

日本時間午前五時ごろ、エノラ・ゲイは硫黄島上空を通過した。ティベッツ大佐は硫黄島基地へ無線電話で連絡した。

「われら、目標へ進行中」

準備されていた予備機は必要なかった。機内における原爆の起爆装置作業も完全にうまくいっていた。空はまったく明け離れていた。

日本の海岸線が視界に入って来ると、ティベッツはこれ以後の機内通話をレコーディングすることを命じた。

「これは歴史に残るものだ。各人、言葉には気をつけろ。われわれは最初の原子爆弾《アトミック・ボム》を運んでいるのだ」

搭乗員の大部分が「原爆」という言葉を耳にしたのはこのときがはじ

めてであった。

午前七時二十五分、先に発進した気象観測機の「ストレート・フラッシュ」機は広島上空に達した。その機名はトイレの水の出を意味するもので、機腹には日本兵がトイレの下水に溺《おぼ》れている漫画が描いてあった。広島の周囲は漠々たる密雲にふちどられていたが、市の上空には二十キロ以上もの直径の大きな穴がぽっかりあいて、広島は小さな青草まで手にとって見えるほどはっきり見えた。

観測機のイーザリー少佐は打電した。

「第一目標O・K」

エノラ・ゲイはこれを受けた。それは広島に対する死刑の宣告であった。ティベッツ大佐はうなずいた。

「広島だ」

数分後、小倉、長崎を偵察したB29二機も同様、攻撃可能の報告を送って来たが、目的はただ一つ広島だけにしぼられた。

七時五十分、エノラ・ゲイは四国の南端を通過した。八時十一分、目標上空に達した。[1]

1 光文社＝F・ニーベル、C・ベイリー「もはや高地なし」

八時十五分、「偉大なる瞬間」がやって来た。エノラ・ゲイの大きな爆弾倉の扉は揺れ、開かれた。内部に吊るされていた動かない物体は、生命を賦与《ふよ》され、自由を得て跳《と》び出した。永久とも思われた数秒が過ぎた。

エノラ・ゲイの連中は、最初に、針の頭ほどの小さな赤紫の光を見た。瞬間、針の頭は直径半マイルの大きな紫色の火の球となった。その偉大な火球は忽《たちま》ち爆発して、旋転する火焔と紫色の雲の巨大な塊りになった。その中から、あたかも地球自身が巨大な煙の輪を吹いているように、大きな濃い真っ白な霧の輪が出て来た。

その塊りはしばらく躊躇しているように見えたが、忽ちまたも旋転する紫色の雲の中から巨大な白い煙の柱が現われた。それは高く高く、一万フィートに達するまでも昇っていった。

次の局面が展開した。一万フィートの円柱は、突如巨大な茸《きのこ》となり、その根もとの周囲三マイルを物凄い塵埃《じんあい》の雲が荒れ狂った。この茸はさらに高く大きく膨脹をつづけ、四万五千ないし五万フィートの高さに達するまで昇りつづけると、紫色を帯びたクリーム状の数層の白い塊りとなった。
「0《ゼロ》の暁」のW・L・ローレンスは書いている。
「それは雲の上に屹立《きつりつ》した山に、巨大な自由の神像が腕を空にあげて、人間の新しい自由の誕生を象徴しているかのようであった」[2]
アメリカ人のいう「人間の自由の誕生」の神像の足下に二十万人の日本人の屍体が積まれた。

その朝、広島文理大教授小倉豊文は向洋《むかいなだ》のあたりを広島の方へ歩いていた。

空は実によく晴れ渡って、広島特有の風のない蒸暑い朝だった。彼は乾き切って埃《ほこり》っぽいアスファルトの上を、大州《おおず》橋のたもとまで来て、海の沖合のキラキラ光る波に眼を移した刹那《せつな》、だしぬけにマグネシュームのような光——しかも凄く巨大な、空を切るような鋭い閃光《せんこう》を、広島の上空あたりに感じ、反射的に大地に身を伏せた。

すぐに頭をあげて広島の空を見ると、紺碧の西空に、足のない入道雲のような巨大な白い雲の塊りが見えた。そして、雨もよいの空の月の暈《かさ》

2　W・L・ローレンス「0の暁」角川書店〃

に似た光の輪がキラキラ光りつつ周辺に虹のようにひろがり、白い雲の塊りは中心に向って巻き込むように渦巻きながら横にぐんぐん拡大していった。

次の瞬間、その下方一帯に物凄い大きな雲の輪、紅蓮《ぐれん》の炎の大火柱、何とも形容を絶する大入道雲がまたしてもムクムクムクムクと湧き上り、盛り上って、その容積を青空にくいこませ、やがてその頂きのあたりが夕立雲の崩れるようにひろがって横に棚びき、はじめの雲塊はその上に太い竜巻のような足を垂れ下げて、まるで巨大な松茸のお化けのようになり、みるみる上下二段の広がりを持つ妖雲の巨柱になった。しかも形は刻々に動いて、色も光も千変万化する。あちこちからは何十という小閃光の爆発だ。

地上八万四千由旬《ゆじゅん》という須弥山《しゅみせん》大千世界、旧約聖書のモーゼが見たという雲の柱、そのような古代人の空想も何の役にも立たない雲と光の一大ページェント。

彼は腕時計を見た。八時十五分を少しまわっていた。そのとき、ドーンという鈍い、巨大な轟音。同時に息の根もとめられるような風圧が来た。[3]

怪物のような衝撃波に襲われながら、エノラ・ゲイを始めとする三機のB29は広島上空から南下した。

「いやはや、大変だったな」と、エノラ・ゲイの尾部砲手のキャロンが大きく息をしながらいった。

「まったく」と副操縦士のルイス大尉がいった。「どんなことになったんだろう？」

撮影機のマーカート大尉も、誰かがこういっているのを通話管で聞いた。「火と煙のほか何もないじゃないか」そして、こういう声も聞いた。「戦争は終りだ」「あの状態じゃ、生き残れる人間なんていないだろうな」

八時二十分、ティベッツ大佐はテニアンに打電した。

「エノラ・ゲイ機は第一目標への自視爆撃に成功。雲量1、戦闘機なし、高射砲なし」[4]

原爆を受けた詩人原民喜は詩《うた》った。

3 筑摩書房＝〈ノンフィクション全集〉小倉豊文「絶後の記録」

4 光文社＝F・ニーベル、C・ベイリー「もはや高地なし」

「スベテアッタコトカ　アリエタコトカ
パット剝《は》ギトッテシマッタ　アトノセカイ」[5]

中国地方総監大塚惟精は、落ちて来た梁《はり》に大腿部《だいたいぶ》を押えつけられて動けなくなった。官舎は炎上しはじめた。大塚は夫人に「足を切れ、足を切れ」とさけんだが、そのうち火が回って来たので、「おれはもうだめだ。おまえだけ早く逃げろ」と命じて、生きながらのた打ちまわって焼け死んだ。

中国軍管区司令官の藤井洋治中将は、官舎の居室で軍服に着替え終って軍刀を片手に部屋を出かけようとしたところであったらしい。あとで居室とおぼしきあたりに金の総入歯と焼けた軍刀が残っていた。夫人は庭の池を回って塀の下で半焼けのまま死んでいたが、燃え残った帯の切れはしと、側に落ちていた財布でやっと夫人だと判定がついたありさまであった。[6]

広島逓信病院長蜂谷道彦博士は、その朝自宅の座敷に寝ころんでいて、突如この閃光を浴びた。気がついたときは斜めにかたむいた柱をぐって廊下へ飛び出していた。そのとき自分のからだが、シャツはおろかパ

5　集英社＝〈昭和戦争文学全集1〉原民喜「夏の花」

6　日本週報社＝松村秀逸「報道部長日記」

ンツまでないまる裸であることに気がついた。

大腿に棒切れがつき刺さっていた。顔から口へ生暖かいものを覚え、手で顔をさすると、頰に穴があき、下唇が二つに裂け、片方がぶら下がっていた。首が動かないので手をやると、大きなガラス片が刺さっていた。

博士はやはり血だらけの夫人の手をひいて病院の方へ駈けつけた。まる裸の肉体に夫人のエプロンを取って腰にまとった。右外股《そとまた》に大きな血の塊りがくっついているのでそれをひきちぎると、傷口にぶら下がっている肉塊であった。

立退疎開の空地へ出た。このときやっと外界の景色が眼に映るようになった。両肘《ひじ》をさしあげ、両掌を垂れ、絵で見る幽霊のような恰好《かっこう》をした人影ばかりであった。[7]

この犠牲者の奇怪な姿勢についての記述は多い。市外の五日市に住んでいた中国新聞記者大下春男も、この大爆発に仰天して広島中心部に向って走った。

「避難者の群はだんだん多くなって来る。ほとんど負傷している。その

---

7 朝日新聞社＝蜂谷道彦「ヒロシマ日記」

様相は例えようがない。衣服をつけている者はズタズタに破れ、婦人のズロースも前の方がわずかに残り、両側は裂けちぎれている。全身は赤ぶくれて血がにじみ、顔は焼け爛《ただ》れて皮膚が垂れ下がり、腹はホッテントットさながらにふくれあがり、みな一様に両腕を少し前にさし出し、前膊部《ぜんはくぶ》から上に曲げ、手首から先を下に垂れて幽霊のようだ。その手からも皮膚がボロボロの衣類のようにぶら下がっている。それがのそのそと続いて来る。まったく地獄図絵であった」[8]

　また蜂谷博士は書いている。

「ピカの一閃に、強い者も弱い者もなくなってしまった。みな一様に精根をぬかれて黙々と郊外へ歩いた。聴けばきまったように後をふりむいてアッチから来たという。前方を指さしてアッチへゆくという。出て来たところもいえず、行く先もいえない羊のようなものになってしまったのだ」[9]

　陸軍兵器補給廠警防手の温品道義は自転車で通行中、明治橋で閃光を浴びた。三十分ばかりの失神ののち、無我夢中で住吉橋まで歩いて、知り合いの老人の舟に乗せてもらい、はじめて自分がはいていた靴も衣服

8　富士書苑＝〈秘録大東亜戦史・国内編〉大下春男「歴史の終末」

9　朝日新聞社＝蜂谷道彦「ヒロシマ日記」

もなく、ズタズタに破れた下着のあいだから腸がはみ出し、右の膝関節《しつかんせつ》も砕かれていることに気がついた。

舟が出ようとすると、沢山の人が泳いで来て、這《は》い上ろうとした。

――彼は書いている。

「十五、六歳の女学生が一人私の舟に乗ろうと泳いで来て、もうすぐ手のとどくところで力つきて沈み、またひょっと顔をあげたのを見たら、顔が突然、お面がはなれたように前半分がパックリと割れてしまった。目や口や鼻のあったところが凹《くぼ》んでいるだけで、ピンク色の桃のようにツルリとした顔の後半分だけが残ったのだ。その子の顔は、水中に沈んだかと思うと、髪の毛が黒い渦となって流れ去っていった」[10]

市外廿日市に住んでいた海軍技術大尉若木重敏も広島へ駈けつけ、この地獄図絵の中を高等師範の校庭まで来て、そこに倒れていた中学二、三年の少年に水をくれと呼びかけられた。若木大尉は落ちていたクリームの空瓶に目の前の小川の水を汲んで与えた。

「兵隊さんですか、海軍ですか」

と、少年はきいた。

10　新日本出版社＝〈原爆ゆるすまじ〉温品道義「過去の広島商人として」

「うん、海軍だよ」

「ぼく、目が見えないんです。足も動かないんです」

それから、少年はきいた。

「海軍さん、ぼくたちも戦死ということになるんでしょうか」

若木大尉の組んでいた両腕の上にぽたぽたと水が落ちた。泣いていると気がつかないのに、涙がひとりでにあふれていたのであった。大尉ははじめて知った。精神の自覚とは別に肉体が泣くということがあることを。[11]

当時小学校三年の田中清子は書いている。

「ひがいを受けた者はみな似島《にのしま》に行けということでした。私達もそこへ行くことにして、川から船に乗りました。

お母さんのすわっている前に、私と同じ年くらいの女の子がいました。その女の子は体中にやけどや、けがをしていて血がながれていました。苦しそうに母親の名ばかり呼んでいましたが、とつぜん私の母に、

『おばさんの子供、ここにいるの?』

と、たずねました。その子供は、もう目が見えなくなっていたのです。

11　〈文藝春秋　昭和四十六年八月号〉＝若木重敏「私はヒロシマを憎む」

お母さんは、

『おりますよ』

と返事をしました。すると、その子供は、

『おばさん、これおばさんの子供にあげて』

と言って、何かを出しました。それはおべんとうでした。

それは、その子供が朝学校へ出かける時、その子供のお母さんがこしらえてあげたおべんとうでした。お母さんがその子供に、

『あなた、自分で食べないの？』

と、聞くと、

『私、もうだめ。それをおばさんの子供に食べさせて』

と言ってくれました。しばらく川を下って、船が海へ出たとき、その子供は、

『おばさん、私の名前をいうから、もし私のお母さんにあったら、ここにおるといってね』

と言ったかと思うと、もう息をひきとって死んでしまいました」[12]

12　岩波書店＝長田新編「原爆の子」

情報局総裁下村海南は広島の惨状を知ると、すぐに首相官邸に出かけ、左近司国務相と長い間話していたが、やがて机の上の巻紙に、

「右か左か、御決断の秋《とき》」

と、達筆に書いて、

「これを総理にとどけてくれ」

と、川本信正秘書官に命じた。

鈴木首相は不在であったので、川本秘書官はその巻紙を机に文鎮で押えて置いて来た。[13]

一閃の光とともに広島は剝ぎとられてしまったが、正午前後、なお燃えつづけている建物もあった。いや、それどころか。――

「市全体を焼きつくす火焰は、大噴水状に吹きあがり、強力な火柱は、もの凄い音を立て、次々に崩れつつあった。広島そのものが全体に火の塊に化し、他から加えられた力というよりも、地の底から噴き出した火群かと思われた。立体的な一大噴火の幻影であった」[14]

しかし、それを山上から眺めれば。――

13　読売新聞社＝「昭和史の天皇」

14　集英社＝〈昭和戦争文学全集1〉太田洋子「人間襤褸」

小倉豊文は正午ごろ比治山の上に立った。

「目の下の広島市街に視線を向けた瞬間、ああ、あの瞬間に受けた強烈なショックを実際どう表現していいかわからない。

人口四十万、六大都市につぐ大都市広島の姿がなくなっていたのだ。七つの清流と白いデルタの「水の都」の広島が。——

もの凄い煙と炎——黒い平坦な焼け跡の廃墟。それだけだ。ただところどころに白い墓石のようにコンクリートの建物が残っている。その多くは煙に巻かれて——炎の見えないのは白昼だったからだろう。それだけだ。視界の限り、ただそれだけだ」

午後、彼は広島の町を歩いた。

「路上の死骸はめっきり多くなった。両眼が飛び出してしまっているのがある。腹の皮が裂けて臓腑の露出しているのがある。馬が倒れている。その馬の臓腑も露出している。その上にのしかかって、車がたたきつけられたようにこわれて焼けている。焼けこわれたトラックや乗用車やサイドカーやリヤカーや荷車が路上に散乱している。

電車の残骸がある。めちゃくちゃだ。乗降口のあたりにひっかかったまま焼け死んでいる人間がある。内部をのぞいて見ると、床が焼け落ちて、屍体が折り重なっている。あとで人に聞いたことだが、焼け焦げた電車の座席に人間が並んで焼け死んでいる。腰かけたまま、乗降口に足をかけたまま、どれもこれも瞬間の姿で焼け死んでいる、というようなものもあったそうだ[15]」

午後二時（マリアナ時間午後三時）エノラ・ゲイはテニアンに凱旋した。ローレンス記者は書く。

「三時少し前、われわれは北方から近づいて来るエノラ・ゲイを発見した。藍色の太平洋と澄みわたった青空の間に見える日光に燦然《さんぜん》と輝く銀色の巨体は一個の美であった。それは正確にマリアナ時間、一九四五年八月六日月曜日の午後三時であった。この最初の成功を見た原爆攻撃飛行は、所要時間十二時間十五分、往復三千マイルの飛行で終結した。

ティベッツ大佐が、その三十歳という年より若くさえ見えたが、エノラ・ゲイから降り立ったとき、スパッツ将軍初め、グアムと全マリアナの高級将校が彼を出迎えた。スパッツ将軍は、大統領の名の下に、最高

15　筑摩書房＝〈ノンフィクション全集〉小倉豊文「絶後の記録」

の勲章、特別功労十字章をティベッツの航空服の上につけた。彼の部下たちは、まるで火星から到着した人を見るかのように彼らを見上げている人々に囲まれて、大佐のうしろに並んでいた[16]」

日暮れ近くになると、広島のデルタの一つ一つから立ち上る巨大な炎の柱は天に沖《ちゅう》して、いよいよ凄惨の度を深めていった。広島造船所に勤めていた山口彊は書いている。

「六年生くらいの女の子が、一年生くらいの男か女か分らない子を背負って来る。よく見れば、みんな裸で、背負う子も背負われる子も、髪の半分は燃え、背中の子の両眼はただれふさがっており、その前をゆく一人の少女は幽霊のように両手を胸のあたりで折り曲げ、折り曲げた両掌から肘のところで焼けた表皮がそのまま手首のところまで垂れ下がって、フラフラと歩いて来る。

目もよくは見えないらしい。流れ出る涙もかれ果てたものと見え、頰の涙は余燼《よじん》がそこだけ黒くこびりついている。

京橋川の暮れなずむ水明りは、幽鬼のようなこれら幼い者たちの姿を

16　角川書店＝W・L・ローレンス「0の暁」

無情に映し出した」[17]

小倉豊文もその夕暮、或る「救護所」で慟哭《どうこく》の景を目撃した。救護所といっても、電車の線路に負傷者が並べてあるだけの場所で、負傷者といってももはや「生きた屍《しかばね》」以外の何物でもなかった。

「三つか四つの男の子が、小さなあきかんに水をいれて、ヨチヨチと歩いて来た。それはほんとにママゴトをやっている子供のようにしか見えなかった。子供はすぐに目の前の一つの〝生きた屍〟の頭のところに来ると、ピョコンと腰をまげて、持って来たあきかんの水をその口に流しこんだ。

その生きた屍は、女であった。左肩から胸にかけてひどい血で、左の腕は肩のつけねからなく、目をとじた顔は青白く硬直している。もう息が絶えているらしい。子供はあきかんの水を全部流しこんでしまうと、立ちあがって、ヨチヨチと、ママゴトのお使いのような姿で、また水を汲みに歩き出した」[18]

呉の海軍工廠の技術将校若木重敏大尉は、その夜文理大の防空壕で、天空にゆらめく赤い炎を眺めていた。そこへ文理大切っての新鋭物理学

17　新日本出版社＝〈原爆ゆるすまじ〉山口彊「死中に生を得て」

18　筑摩書房＝〈ノンフィクション全集〉小倉豊文「絶後の記録」

者佐久間助教授がやって来た。若木大尉はきいた。

「先生、これはかねて名に聞く原子爆弾というやつではないでしょうか」

佐久間助教授は考えこんだのち、首をふった。

「原子爆弾は、物理の理論としては確実でしょう。しかしただ、それは理論だけのことのはずです。私たちは、いくらアメリカでも、原子爆弾を作るにはまだ百年かかると思っております」[19]

テニアンからの報告をいらいらしながら待っていたワシントンのマンハッタン計画総指揮官レスリー・R・グローブス少将は——彼はのちに、時間のたつのがあんなに遅いものとは想像したこともなかったと述べた——六日午前四時半（日本時間六日午後六時半）ようやく待望の報告を得た。彼は夜が明けて七時（日本時間午後九時）陸軍参謀総長マーシャル将軍にこの成功を報告した。

マーシャルは重々しくいった。

「この成功は、しかしあまり有頂天になることは少し慎んだ方がいいぞ。それはあまりに沢山の日本人を殺したということなんだからね」

19　〈文藝春秋　昭和四十六年八月号〉＝若木重敏「私はヒロシマを憎む」

グローブスは答えた。

「お言葉ですが、バターンの死の行進を思うと、私は日本人をそんなに気の毒には思いませんね」

傍にいた陸軍航空部隊司令長官アーノルド将軍がグローブスの背中を叩いて笑った。

「君はうれしいことをいう。実は私も全然同感だ[20]」

同じ日、高松宮、小沢司令長官らは「烈作戦」と同時に行われる「剣作戦」すなわち、三百五十人の海軍陸戦隊と三百五十人の陸軍空挺隊が、テニアン、サイパンなどに強行着陸し、オートバイ、自転車でB29、ガソリンタンクを焼き払うという作戦の訓練状況を三沢基地で視察していた[21]。

この日まで疎開のことなどいちども口にしなかった東条は、

「これはいかん」

と、妻と娘にいった。

「おまえたちはすぐ疎開の準備をしなさい。そして七ケ月、辛抱しなさ

20　恒文社＝レスリー・R・グローブス「私が原爆計画を指揮した」
21　原書房＝「提督小沢治三郎伝」

い」[22]

　また同じ日、広島とは隣りの岡山県勝山町に疎開していた谷崎潤一郎は、何も知らず川口松太郎宛に手紙を書いた。

「……執筆中の細雪は中巻原稿を完成いたし下巻を百枚程書きかけたるままにて二、三箇月中止いたし居候え共御忠告もありやがて涼風も相立ち候事故今月中旬より徐《おもむ》ろに稿を続けるつもりに御座候。さりながら中巻下巻を刊行いたし候はいつの時節にやとちょっと淋しく存ぜられ候。

　貴君のおきらいな荷風先生ハ偶然にも岡山へ疎開され始終文通いたし居り、近々此の方へ来遊さるゝ筈に御座候。何でも東京を三度焼け出され岡山へ来て又一度焼かれ、現在は同市の郊外に二階借りをして居られ候昨日の来翰《らいかん》にハ痢病にて臥床中全快まで一二週間かかると有之六十七才の高齢にて流離艱難《かんなん》せらるるハ御気の毒之至りに御座候」[23]

すでに動くものもなく……

22　二見書房＝林逸郎編「敗者」

23　中央公論社＝〈谷崎潤一郎全集〉「疎開日記」

八月七日（火）

ワシントン時間八月六日午前十一時（日本時間七日午前一時）かねての予定通り、ホワイトハウスでは「大統領声明」を発表した。

「今から十時間前、アメリカ空軍機は、日本の重要軍事基地であるヒロシマに爆弾一発を投下した。この爆弾はTNT高性能爆薬の二万トン以上に相当する威力を持つものである。

日本軍は開戦にあたり真珠湾を空襲したが、今やその何十倍もの報復を受けたのである。これは原子爆弾である。

七月二十六日、ポツダムで発せられた最後通告を、日本側首脳はただちに拒否した。この期《ご》に及んでも、なお当方の要求を拒否するにおいては、有史以来最大の破壊力を持つ爆弾の雨がひきつづき彼らの頭上に降りそそぐであろう」

ホワイトハウスの記者団はその発表に殺到し、電話にかじりつき、駈け出し、まるで戦場のようなありさまになってしまった。

当のトルーマンは巡洋艦オーガスタで昼食のテーブルについていたが、

このニュースを聞いて、フォークをとりあげると、コップの腹をカチカチとたたいていった。

「さあ、帰国を急ぎましょう」

彼は食堂を飛び出し、まるで学校が休暇に入った日、飛ぶようにしてわが家に帰る少年のように士官室へ向った。扉をあけたトルーマンは、

「諸君、坐ったままで結構、君たちに知らせたいことがある」

と、原爆投下のことを話し、そして叫んだ。

「大成功だった。私は賭に勝ったよ!」[1]

そして彼は、そのまま甲板で催されていた水兵の演芸会に臨み、各種の余興に腹を抱えて笑い興ずるのであった。

同日(アメリカ時間六日)米国務省のバレンタイン極東局長は、次のような覚え書を出していた。

「最近の米国内世論調査では、三分の一が天皇処刑を提唱し、五分の一が投獄に賛成、六分の一が法廷にひきずり出すことを望んでいる。天皇を利用することを支持する者は三パーセントに過ぎない。従って日本が降伏した場合は、天皇とその一族は監禁する。これは英国外務省の見解

1 恒文社=「トルーマン回顧録」、光文社=F・ニーベル、C・ベイリー「もはや高地なし」

とも一致している」[2]

ソ連では、スターリンがポツダムから帰って間もない日のモスクワ時間での六日の夜であった。娘のスベトラーナが父に逢いにやって来た。彼女は父になかなか逢えず、三カ月ばかり前に生まれて父と同じ名をつけたヨシフという息子のこともまだ直接に話してはいなかった。

それでこの夜、彼女がそのことをしゃべりかけたときに、アメリカが原爆を日本に投下したニュースが伝えられた。スターリンはこの報告に気をとられ、娘の話をろくに聞きもせず、とりつくシマもないようすであった。[3]

広島では七日の朝が明けて来た。

「石地蔵のように散乱した練兵場の屍体
つながれた筏へ這いより折り重なった河岸の群も
灼けつく日ざしの下でしだいに屍体と変り夕空をつく火光の中に
下敷きのまま生きていた母や弟の町のあたりも
焼けうつり

2　米国務省「米国の対外政策——一九四五年」

3　新潮社＝「スベトラーナ回想録」

兵器廠の原の糞尿《ふんにょう》のうえに
のがれ横たわった女学生らの
太鼓腹の、片眼つぶれの、半身あかむけの、丸坊主の
誰がたれとも分らぬ一群の上に朝日がさせば、
すでに動くものもなく
異臭のよどんだなかで、
金ダライにとぶ蠅《はえ》の羽音だけ」[4]

広島の第二総軍の教育参謀李鍝公殿下は、いつも乗馬で軍司令部に向うのを常としていたが、六日朝、市の中央にある福屋デパート横で原爆にあい、相生橋まで馬を飛ばせて力尽き、橋桁《はしげた》の下にうずくまっているのを夕刻発見され、ただちに似島《にのしま》の海岸病院に収容されたが、この七日午前四時過ぎに息をひきとった。

お付武官の吉成弘中佐は水虫のため、そのころ一足先に出勤して殿下を待つことにしていたが、この凶変に逢いお付武官としての責任を果たせなかったといって、ベッドの傍ではたの目にもつらいほど苦しんでいたが、主人の死を告げられると、その直後病院の芝生に正座してピスト

4 集英社＝〈昭和戦争文学全集1〉峠三吉「原爆詩集」

ルで殉死をとげた。昭和二十年八月七日の広島で、直接原爆によらないこんな死もあったのである。[5]

広島の悲歌はつづいていた。

「天神町で大火傷をした四人の中学生に逢いました。路傍で車座になっているので、その中の一人に、お前の家はどこかと問うたら、天神町じゃというんです。ここが天神町じゃというと、

『母ちゃんと姉ちゃんが来るんじゃが、もう来いでもええというて下さい。僕らはここで四人《よったり》死のうよのう』

というと、残りの子供が、

『よし、連《つれ》なって死のうよのう』

というんです。

私は今までそんなに涙が出たことはないんですが、このときばかりは可哀想で可哀想で声をあげて泣きました。何かいる物はないかといったら、僕らは死ぬんじゃから何もいらん、というんです。それじゃ小父さんはトマトを弁当に持っとるから、トマトを食べさそうといって、一人一人の口にトマトの汁をしぼりこんでやり、どうじゃ、おいしいか、と

5　読売新聞社「昭和史の天皇」

いったら、おいしいなあ、といって口をもごもごさせましたよ。ますこし辛抱しとれよ、二中の救護班があの下《しも》におったからのう、ここで待っとれよ、といって下へくだったのですが救護班もおらず、うちへ帰ったのですが、気がかりでたまらんので、翌朝早う起きて、何やかや子供の喜びそうなものを持っていってやったんですが、四人とも、元のまんまで死んでいましたよ[6]」

この日朝九時半、愛知県豊川の豊川海軍工廠は戦爆連合百機の猛爆を受けていた。

三十分の爆撃のうち、帝国海軍の重要な兵站《へいたん》の一つとしてその偉容と生産力を誇っていた豊川海軍工廠は完全に潰滅し、巨大な怪獣の狂乱を想わせるぶきみな火煙とどす黒い土煙の渦に包まれていた。

ころがった鉄カブトに真っ赤な血だけが溢《あふ》れていた。白い片腕が落ちていた。顔を真っ二つに割られた首があった。首のない胴体があった。海軍道路の木の枝に、女子挺身隊らしい若い女の生首が髪の毛でひっかかっていた。両足のない少年工が、泥と爆煙に真っ黒な顔をして両腕で

6　朝日新聞社＝蜂谷道彦「ヒロシマ日記」

這い廻っていた。「殺してくれ、殺してくれえ！」と苦悶の絶叫をあげながら。——

火焔は天日を覆って真昼とは思えず、その黒煙は終日つづいた。死者二千四百余、重傷者三千余、軽傷者六千数百のうち、死体は親といえども渡さず、軍で一切処理した。破壊物の下に埋没した死体は銀蝿のたかっている場所を掘れば、二十人、三十人とひとかたまりで現われた。それはトラックで運ばれ、諏訪村のウナギの寝床みたいな壕に放り込まれ、あとには目じるしの木札が立てられただけであった。[7]

海軍工廠を無人の境のごとく壊滅させられながら、海軍は同日午後、日本最初のジェット戦闘機「橘花《きっか》」の第一回テスト飛行を千葉県木更津で行った。それはドイツから日本潜水艦が運んで来たというジェット機のおぼつかない見取図により、海軍技術少佐種ガ島時休をはじめとする海軍空技廠が作りあげたもので、テストパイロットは高岡少佐であった。このテスト飛行は、白い千切れ雲の浮ぶ東京湾上を、地上滑走をふくめて十六分の短時間に過ぎなかったが、とにかくこの日は成功し、高岡少佐の手をとって種ガ島少佐は感激の涙を流した。[8]

7　筑摩書房＝〈現代日本記録全集1〉「戦火の中で、豊川女子挺身隊」

8　ニトリア書房＝白根雄三「橘花はかなくあれど」

一方、阿南陸相は閣議で「たとえトルーマンが原子爆弾を投下したと声明したとしても、それは法螺《ほら》かも知れぬ」と力説し、他方、元企画院総裁鈴木貞一陸軍中将は迫水内閣書記官長に「原子爆弾が事実ならば、それは日本の科学の敗北であって日本軍の敗北ではないのだから、終戦も軍の面子《メンツ》にはかかわらない」と変な降伏の論理を披瀝《ひれき》した。即時終戦を進言する者、徹底抗戦を揚言する者、この日の煮えくり返るような論客に、鈴木老首相は一見自若として、抗戦論者にはむしろ弱気に、終戦論者には強気な答弁をくり返していた。[9]

そして午後三時半、大本営はまるで謎のような漠然たる発表を行った。

「一、昨八月六日広島市は敵B29少数機の攻撃により相当の被害を生じたり。

二、敵は右攻撃に新型爆弾を使用せるものの如きも詳細目下調査中なり」

9　恒文社＝迫水久常「機関銃下の首相官邸」

ソ連政府は日本に通告する

八月八日（水）

徳川夢声はこの朝八時、豊川から東京杉並の自宅に帰って来た。彼は豊川工廠慰問のため五日に東京を出たのだが、途中先行列車が銃撃などされたために遅れ、七日、爆撃直後の豊川に到着し、命からがら逃げ帰って来たのであった。

彼はその運命の不思議さを大いに語ったが、家族はみな無反応であった。彼は憮然《ぶぜん》として書いた。

「コノ頃ハ、オ互イニ誰レガ死ニカカッテモ誰レガ命拾イシテモ驚カヌコトニナリタリ」

そういう夢声も、他人のこととなれば、それにつづけて、この日はじめて知った原爆のことについてこう書いた。

「それにしても、敵が物凄い兵器を使用するからと言って、頭から非人道呼ばわりをすることは、日本のすることは一から十まで人道的であるような言い方は、いくら味方のことでも甚だ擽《くすぐ》ったい。

硫黄島でも沖縄でも、敵は青酸加里ガスを使用したそうだが、これとてもアタリマエの話だ、と私は思う。日本もまけずに、毒ガスだろうと一発万殺の新兵器だろうと使用すれば宜《よろ》しい。それがやれないからというので、敵を鬼畜呼ばわり、悪魔呼ばわりは、寧《むし》ろあわれで腹が立つ。国民を何処まで馬鹿だと思っているんであろうか？　もっとも、国民も相当バカであることは私も近来益〻痛感している」[1]

その広島では、この朝九時から広島練兵場の第二総軍司令部跡で、陸海合同の調査委員会が開かれた。集まる者の大半は包帯姿で、しかも予定時間になっても関係者が集まらないので、海軍側だけの検討会に切りかえられた。

冒頭に横山軍医少佐が立ちあがり、次に述べるのは呉鎮守府の福井軍医中将の御見解である、といって一昨日の爆弾について図解入りで解説しはじめた。

「あれは、敵はまず前夜にエレクトロン焼夷弾の粉を広島の空にパーッと散らしておいて、あの朝そのエレクトロンの雲に点火したものと思わ

1　中央公論社＝「夢声戦争日記」

れます。……」[2]

広島にはまだ鰯《いわし》を焼くような臭いが焦土に流れていた。あちこちで、いちどに何十人もの屍体を焼いている臭いであった。

一望千里のその灰燼の中に、ただ一つ残った逓信病院では不眠不休の三日目を迎えていた。雪崩《なだ》れ込み、かつぎ込まれた、皮膚がズルズルの患者たちは部屋に充満し、廊下に溢れ、それがところきらわず嘔吐《おうと》し、下痢をした。

「病院の出入口は糞まみれになった。廊下の患者を整理して歩けるようにするのが関の山だ」と病院長の蜂谷道彦博士は書いている。

「万一の場合は、ただちに救護材料は何でも補給すると軍は公言していた。その軍にわれわれは指揮され、依存していたのだ。その本尊様を失ったのだから心細い限りだ。病院に逃げ込んだ兵隊も受け取りに来ない。それどころではない、師団長の家族というのが便所の中へ逃げ込んでいた。副官が来て、小使室のあったところへ移してやったら随喜の涙をこぼしたなど、聞けば聞くほど心細くなるばかりだ。師団長の家族でさえ引き取る力がない。あれから三日たったのに。――私はいやになってし

2　〈文藝春秋　昭和四十六年八月号〉＝若木重敏「私はヒロシマを憎む」

まった。私は八月二日の占部大尉との問答を思い浮かべて、独り口の中で、『勝利をもってお応えする』といったという参謀長の言葉を繰り返した」[3]

被爆した詩人原民喜は、太田川のほとりや東照宮の境内で二夜を過し、この日の午後馬車に乗って八幡村へ逃げ落ちていった。

「ギラギラと炎天の下に横たわっている銀色の虚無のひろがりのなかに、道があり、川があり、橋があった。そして、赤むけの膨れあがった死体がところどころに配置されていた。これは精密巧緻《こうち》な方法で実現された新地獄にちがいなく、ここではすべて人間的なものは抹殺され、たとえば死体の表情にしたところで、何か模型的な機械的なものに置きかえられているのであった。苦悶の一瞬あがいて硬直したらしい肢体は一種のあやしいリズムをふくんでいる。電線のみだれ落ちた線や、おびただしい破片で、虚無のなかに痙攣《けいれん》的な図案が感じられる。だが、さっと転覆して焼けてしまったらしい電車や、巨大な胸を投げ出して転倒している馬を見ると、超現実派の絵の世界ではないかと思えるのである」[4]

3　朝日新聞社＝蜂谷道彦「ヒロシマ日記」

4　集英社＝〈昭和戦争文学全集1〉原民喜「夏の花」

東京で罹災《りさい》し、三浦半島の秋谷の山荘に逃れていた前首相小磯国昭は、五日、八日に重臣会議があると連絡されてこの日上京しようとし、省線電車の中で偶然、読売新聞社社長の正力松太郎と逢い、原爆のことをはじめて知らされた。そして朝鮮総督府東京出張所で首相官邸に電話連絡して、その日の重臣会議は数日延期する旨通告された。彼はそのまま、何か新しい情報でも知っているかと用賀の東条英機を訪ねた。

東条は畑に出て妻と畑仕事をしていたが、小磯の来訪に応接間に招じた。

「重臣会議では要するに終戦のことについて意見を求められるものと思うが、現在の状勢は日本として和平を結ぶのに最悪の時期だと思う」

と、小磯はいい、

「たとえ原子爆弾を落されたにせよ、ここまで戦争をやって来た以上はあくまでも本土決戦を行い、その経過中で和平の機をとらえるのが最善の策と思うが、君はどう思うか」

と、きくと東条は大きくうなずいて、

「全然、私も同感です」

と、答えた。[5]

またこの日、米内海相は高木惣吉に語った。

「外相は私に、総理の気持をきいてくれといっている」

高木は呆れ返った。

「いまごろになって、まだそんなことをいっているのですか」

「総理は口をひらくと、小牧長久手だの大坂冬の陣だの、そんなことばかりいっているのだからね。閣議でも、終戦のことをかれこれいうのは第一線の将兵に叛乱を起させるようなものだ、昔から遣外《けんがい》の将は君命を聞かず、ということがある、などとも言われた。陸軍大臣は強いことばかりいっているが、大いに陣頭指揮のつもりでやっていて、振返ったらあとには誰もついていなかったということになりかねぬ。明日は戦争指導会議で東印度独立のことを議題にするそうだが、今ごろそんな話をするのもどうかと思うが、こっちが表向きそういうわけにもゆかんしね」[6]

同日、東郷外相は宮中地下防空壕で天皇に拝謁し、原爆に関するトルーマン大統領の声明とそれに関連する事項について奏上した。天皇はいった。

5 小磯国昭自伝刊行会「葛山鴻爪」

6 新聞月鑑社＝外務省編「終戦史録」

「敵がこのような武器を使いはじめた以上、いよいよ戦争をつづけることは不可能になった。有利な条件を得ようとして、戦争終結の時期を逸するのはいけない。なるべく速かに戦争の終結を見るように努力せよ」[7]

同日、午後二時ごろ下村情報局総裁も参内し、天皇に拝謁した。そして二時間にわたり、民心の動向すでに絶望的におちいっていることを声涙ともに下って奏上し、いざというときには陛下みずからマイクの前に立って国民に号令されることを請うた。

控室に待っていた川本書記官はいう。

「皇居の中は蟬《せみ》の声だけでした。二時間はたったでしょうか。やっと下村さんは出て来ました。真っ赤な顔をし、大股の元気いっぱいの足どりで出て来ました。車に乗ってからも、口をぐっと閉じて沈黙していられる。へたに口を出そうものなら一喝されそうな表情でした。

やがて町へ走り出すと、いきなり下村さんは私を抱くようにし、耳もとでふるえる声でささやいたのです。

『陛下は承知して下さった。陛下は、必要があればいつでもマイクの前に立つ、とおっしゃったんだよ』

7　新聞月鑑社＝外務省編「終戦史録」

総裁は半泣きのような表情をし、眼に涙をためていました」[8]

仁科研究室員の武谷三男は左翼思想の科学者として前年五月逮捕され、その後喘息《ぜんそく》のため釈放されていたが、この八月八日、東京拘置所内の検事局に出頭して検事の取調べを受けた。そのとき検事はその日の新聞を出して、

「お前の研究していたというのはこの爆弾のことか」

と、きいた。「そうだ」と答え、

「アメリカはまだ数発持っているかも知れませんよ。飛行機が単機で来たときは危いから深い穴に入っていなさい」

というと、検事は真剣な表情で、

「お前、もういいからすぐに仁科研へ帰って研究を続けてくれ」

と、いった。

この日の夕刻、大本営派遣の理研仁科研究室の仁科芳雄博士らをふくむ調査団が、はじめて広島に到着した。仁科博士は書いている。

「八日の夕方、広島の上空へ来て旋回したとき、下を見て被害の大きい

8　読売新聞社〓「昭和史の天皇」

のに驚いた。空から見ると、市の中心部は焼け、周囲は広範囲に亙《わた》って壊れ、倒壊せぬ家も瓦が落ち、街には人影も稀で、死の町の様相を呈していた。私はこれは原子爆弾だと断定したのである」[9]

長崎医科大学では、その朝角尾学長が全職員全学生を集め、原爆のことを報告しかつ警告するところがあった。角尾学長は数日前職務上の用件で上京し、帰途七日に広島を通りかかって、つぶさに爆心地を見て来たのであった。

それをきいた藤井という医学生は、彼の許婚の父親が広島の検事長をしていたので、その一家の安否が不安でたまらなくなり、みなのとめるのをふり切って、この日午後広島へ向った。——なんぞ知らん、運命は手品のごとくこの青年を救い、一方この翌日に被爆した角尾学長は二十四日に息をひきとろうとは。[10]

福岡県宮田にある捕虜収容所には七百五十名の捕虜が収容され、その中百名が将校であった。この夜点呼が終ってから、将校たちは最近収容

9　読売新聞社＝「昭和史の天皇」

10　弘文堂＝秋月辰一郎「長崎原爆記」

所に対して抗議が多過ぎるというかどで体罰を加えられた。将校全員の「腕立て伏せ」であった。イギリス将校ジョン・フレッチャー・クックの記録。

「このときまでにゴリラ（日本兵）全員が勢揃いしていた。連中は暗闇の中を棍棒《こんぼう》片手に跳ねまわり、一瞬でも腕立て伏せの姿勢を崩す者がいると、容赦なく殴りつけた。捕虜たちはつぎつぎに血さえ流して、前のめりにつぶれていった。呻《うめ》く者は冷水を浴びせかけられ、ふたたび殴り続けられた。得をしたのは早目に失神した連中であった。そのサディスティックで卑猥《ひわい》な光景はとても筆舌に尽し難い。

当直下士官栗原軍曹は通訳しろと命じた。

『白人種が日本人よりも優れていると思う者は手をあげろ』

私は、白人種が日本人よりも優れていると思わない者は手をあげろ、といったのだと間違え、そう通訳してしまった。薄暗がりの中で、多くの手があがった。栗原がこれに制裁を加えることを命じたので、私は自分の誤ちに気づき、それを栗原に告げている途中に気を失ってしまった」11

11　徳間書店＝ジョン・フレッチャー・クック「天皇のお客さん」

同時刻、テニアンでは、その九州の炭鉱地から六十マイル離れた長崎へ、第二の原爆機を発進させようとしていた。

この日、グアム島司令部はテニアンに最高機密指令を発した。目標は第一小倉であり、第二長崎であった。それははじめ八月十一日の予定であったが、そのころ悪天候になるとの予報があったので、八月九日に繰りあげられたのである。そのためにテニアンの科学者や技術者たちは八日二十四時間の労働を余儀なくされた。[12]

午後十時（マリアナ時間午後十一時）第二回原爆投下のB29三機の搭乗員十三名は、厳重に警戒された大きなかまぼこ型兵舎に集合した。最初に、広島攻撃の殊勲者ポール・ティベッツ大佐がこんどの爆弾について説明した。それは広島に投下されたウラン原爆、異名「リトル・ボーイ」（ちびっこ）と異なり、プルトニウム爆弾であって、異名「ファット・マン」（ふとっちょ）と呼ばれるものであった。[13]

同じ夜の十二時（モスクワ時間八日午後六時）佐藤尚武大使はクレム

12　日本経済新聞社＝ジョセフ・マークス「広島への七時間」

13　新人物往来社＝フランク・W・チリノック「ナガサキ」

リンに呼ばれた。大使はそれまで、戦争に対するソ連の仲介とそのための近衛特使の受入れをモロトフ外務人民委員に必死に哀願し、それに対してソ連から言を左右にした返答ばかりを受取っていたところであったから、心勇んでこの会見へ車を走らせた。佐藤大使はいう。

「私は、ポツダムの会議から無事帰られたことについて同氏に挨拶をしはじめたところ、同氏はこれを遮るようにして、今日はソヴィエト政府の名において日本政府に通告することがある、といって、一つの通告を読みあげました。それはソヴィエトの対日宣戦布告でありました[14]」

そして佐藤大使が、この通告を本国政府に打電する外交特権の保証を求めると、モロトフは落着き払っていった。

「むろん、それは当然のことであり、あなたは暗号で打電出来ます」

大使はすぐに大使館に帰って東京に打電した。電報を打ち終えたころ、ゲー・ペー・ウーの士官がやって来て自動小銃をつきつけた。大使はいう。

「いくら何でもこの宣戦布告の電報だけは東京に取りつがれていると信じていたが、それさえ取りつがれていなかったのだからひどいものだ[15]」

14　世界の日本社＝佐藤尚武「二つのロシア」

15　読売新聞社＝「昭和史の天皇」

中立条約違反どころか、事実上無通告でソ連軍は日本の背中に刃をつき立てた。

日の盛り鍋に焼かるる胡瓜あり

八月九日（木）

モロトフの対日戦通告と一秒の差もおかず、日本時間九日午前零時を期して、ワシレフスキー元帥麾下《きか》の百三十万のソ連極東軍は数カ所から満州と朝鮮に対して雪崩を打って侵攻を開始した。

そのうち満州西方から進入したザバイカル方面軍司令官マリノフスキー元帥は記す。

「ソ連軍は、押しつけられたゴムのように緊張の中に合図を待った。待機する人々、それはドイツ軍との激しい戦いの試練を得た歴戦の勇士たち、戦歴から多くのものを学びとった将軍たち、ドイツ軍陣地を何度も急襲突破した兵たち、モスクワの赤の広場での凱旋行進でレーニン廟《びょう》の下にドイツ軍旗を投げ捨てた将兵たち、そして弾雨をまだ潜《くぐ》ったことのない新しい将兵たちであった。

ついに号令が下った。連隊、旅団、師団——すべてが、整備の終った機械のように動いた。『前進せよ！』の号令が次々に伝わった」[1]

この夜の満州は大興安嶺附近をのぞき全土に降雨断続、雷鳴すら轟いて天地暗澹《あんたん》としていた。

関東軍司令部は午前零時十分ごろ、まず牡丹江の第一方面軍から、「東寧、綏芬河正面の敵は攻撃を開始せり」ついで、「牡丹江市街は敵の空爆を受けつつあり」という第一報を受けた。

当時第一方面軍第五軍参謀の前田忠雄中佐が国境部隊からのソ連軍越境の報告を受けて時計を見たとき、時刻は十二時二分前であったという。

これに対して「各方面軍はそれぞれ進入する敵の攻撃を排除しつつ、速かに全面開戦を準備すべし」という緩慢な作戦命令を関東軍が発令したのは、午前三時ごろであった。

関東軍は、「静謐《せいひつ》確保」という中央部からの命令と、突如たるソ連軍の行動開始にその意図を確認しかねて、なお昏迷《こんめい》していたのである。そ

1　徳間書店＝マリノフスキー「関東軍壊滅す」

れに事実上、関東軍はすでにその精鋭の大半を南方に抽出されて、銃すらない新召集の老兵ばかりの案山子《かかし》的軍隊に過ぎなかった。[2]
同じ夜、関東軍総司令官山田乙三大将は、新京を遠く離れた大連郊外の保養地星ガ浦で眠っていた。彼は旅順で造営された関東神社の遷宮式に参列するために星ガ浦に来ていたのであった。[3]
午前二時五十分（マリアナ時間三時五十分）テニアンからは長崎攻撃の原爆機が飛び立った。隊長は陽気な二十五歳のアイルランド人、チャック・スウィニー少佐で、このプルトニウム原爆搭載機のほかに、三日前と同じく観測機と撮影機一機ずつが従っていた。観測機にはのちに「0《ゼロ》の暁」を書いたニューヨーク・タイムズ記者のローレンスが乗っており、撮影機にはチャーチルの公式代表者レオナルド・チェッサーが乗っていた。[4]
二度目の原爆機出発にあたっては、高官の見送りもなく、ファンファーレもなかった。滑走路の端の灯火さえ、なぜかその夜は消えていた。それはきわめてビジネスライクに見送られた。[5]

2　読売新聞社＝「昭和史の天皇」、宮川書房＝草地貞吾「その日関東軍は」
3　大学書房＝嘉村満雄「満州国壊滅私記」
4　角川書店＝W・L・ローレンス「0の暁」
5　新人物往来社＝フランク・W・チリノック「ナガサキ」

同時刻、ワシントンでは八日の午後であったが、ワシントンに帰ったトルーマン大統領にスチムソン陸軍長官は、広島の破壊された写真を見せていった。「犬の愛情をつなぎとめておきたいなら、叱るだけで充分です。だから日本についても。……」

大統領は何も感じなかった。彼は第二の原爆を使う必要があるかどうかを検討する首脳会議も開かなかった。トルーマンは、もしそれがアメリカ人の生命を救うことになるなら、原爆を二つでも三つでも——それ以上でも落とすつもりでいた。

モスクワでは八日の夜であった。スターリンはアメリカのハリマン大使とケナン大使に、ソ連軍がすでに満州領内の十ないし二十キロの地点に前進したことを述べ、

「こんなに早く情勢がこれほど進展するとはだれが想像したかね」

と、得意気に語った。[6]

日本の政府首脳がソ連参戦のことを知ったのは、午前三時ないし四時ごろであった。内閣書記官長迫水久常は書いている。

---

6 毎日新聞社＝ジョン・トーランド「大日本帝国の興亡」

「午前三時ごろ、電話の音に目を覚まし受話器を取ると、同盟通信社の長谷川外信部長が、サンフランシスコ放送によると、どうやらソ連が日本に対して宣戦布告したらしいという。私はほんとうに驚き、何度も『ほんとか、ほんとか』とたしかめた。立っている大地が崩れるような気がした。全身の血が逆流するような憤怒を覚えた」[7]

長谷川才次はいう。

「午前四時ごろ、それを東郷さんと迫水さんに知らせたときは、二人とも意外のような口ぶりで、東郷さんなどは『ほんとうか』となんべんも念を押すのだな。というのは、ソ連に仲介の労を依頼して、いい返事の来るのを待っていたところだったんだから」[8]

大本営もまたどうしてよいのか驚愕昏迷しているばかりであった。

関東軍には大本営への直通電話があった。関東軍参謀の草地貞吾大佐はいう。

「状況は間髪を入れず第一報から報告してあるし、対ソ宣戦を布告するのかどうかしきりに問い合わせたのですが、大本営の主任者である朝枝がなかなか出て来ない。はじめは、『席にいない』とか『いま会議中だ』

7　恒文社＝迫水久常「機関銃下の首相官邸」

8　新聞月鑑社＝外務省編「終戦史録」

とかいいましてね。やっと呼び出したら、『われわれのハラは決まっているのですが、上司がどうも』とか、『もうちょっと待って下さい。決まったらこっちから連絡します』とか。——」

大本営対ソ作戦主任参謀の朝枝繁春中佐は、

「わたしは午前五時に起された。スイスの駐在武官から、続いてロイターからのニュースでソ連の対日宣戦を知らされたわけです。午前五時半になって、関東軍から満ソ国境の情報が詳しく送られて来た」

といい、草地大佐の証言と異なるところからも、この間の両者の連絡の混乱が推定される。

朝枝は関東軍に「ちょっと待て」と指示しておいて、八時から対ソ作戦会議を召集した。出席者は、河辺虎四郎参謀次長、宮崎周一第一部長らであった。その結果、

「一、ソ連は対日宣戦を布告し、九日午前零時以降、日ソ及び満州国境方面の処々において戦闘行動を開始せるも、いまだその規模大ならず。

二、大本営は、国境方面所在の兵力をもって敵の侵攻を破摧《はさい》しつつ、速かに全面的対ソ作戦の発動を準備せんとす」

という「まことに煮え切らない珍な命令」を関東軍に発するに至った。

要するに、まともにソ連軍と太刀打ち出来る関東軍でないことを、誰よりも大本営は知悉していたのである。[9]

夜が明けるや、迫水書記官長は、小石川丸山町の鈴木首相私邸に駈けつけた。鈴木首相は冷然として、「来るものが来ましたね」といった。まもなく東郷外相も飛んで来た。

「この戦さは、この内閣で結末をつけることにしましょう」

と、首相はいい、ともかくも陛下の思召しを伺ってからにしようと官邸へ向った。[10]

首相官邸は上を下への大騒ぎであった。その中に、七月末まで関東軍参謀副長をしており、今内閣綜合計画局長官の池田純久中将の姿を見出すと、鈴木首相は呼んだ。

池田はいう。

「室に入ると、総理は平素と変らぬ態度で口を開き、

『池田君、関東軍はどうですか、ソ連の攻撃を阻止出来ますか』

との質問である。

9　読売新聞社＝「昭和史の天皇」

10　恒文社＝迫水久常「機関銃下の首相官邸」

『残念ながら駄目です。二週間後には新京を奪取されましょう。遅れれば遅れるほど取返しのつかぬことになりましょう』

と、私は答えた。

『よく解りました。関東軍はそんなに弱いのですか』

と、総理は全く意外の面持ちであった[11]」

鈴木は参内して木戸内府と会った。

九時前後に原爆機は九州に達していた。ローレンスは考えていた。

「どんな時計でも測り得ない瞬間に、大空からの旋風で、数千の建物と数万の住民が粉砕される。しかし目標として選ばれている都市のどの一つが絶滅されるかは、現在誰も知ってはいない。最後の選択は運命が決める。日本の風がその決定をする。もし風が第一の目標上に大量の雲を運ぶならば、その都市のどんな住民も、慈悲深い運命の風が自分の頭上を通っているかを知らないであろう」

風は小倉の空に雲を送りつつあった。

「しかしその同じ風が、もう一つの都市の運命を決定するのである。観

---

11 日本出版協同＝池田純久「陸軍葬儀委員長」

測機は、風がどこに吹くかを発見しようとして飛んでいる。

まさに死のうとしているあわれな奴らに、誰が同情を感じようか。真珠湾とバターンの行進を考えるならば[12]」

陸軍参謀次長河辺虎四郎中将は、朝、陸軍省に駆けつけて阿南陸相に会った。阿南は最高戦争指導会議に出かけるべく立ちあがっていたが、その明朗な表情は平生のままであった。河辺が、「すべては半面予期していた事態である。今に至って和平など考えるべきではない。和平即降伏である」と所信を述べて、

「今日の会議は荒れるでしょう。大臣、一つ願います」

というと、阿南は、

「うん、荒れるだろうね。命にかけて、一つ」

といいながら、刀架から軍刀と帽子を取って部屋を出ていった[13]。

十時過ぎ首相官邸に帰った鈴木首相は、最高戦争指導会議を召集した。会議は十一時ごろから開かれた。

鈴木は四囲の情勢上、もはやポツダム宣言を受諾するよりほかはない

12　角川書店＝W・L・ローレンス「0の暁」

13　時事通信社＝河辺虎四郎「市ヶ谷台から市ヶ谷台へ」

と思うが、それについて、各員の意見を承りたいと口を切った。

三十分前に観測機は目標の上空に達し、第一目標も第二目標もO・Kと通報して来たが、原爆機が達したときは、北九州一帯の上空を覆っている厚い雲の傘には全然破れ目のないことを知った。

二時間以上も死の翼はぐるぐると旋回していた。この間二十一機の日本戦闘機が上昇して来たが、間もなく姿を消してしまった。B29が少数機でただ旋回しているばかりなので、その任務が単に偵察だと思い込んだのであろう。広島の教訓はまだ充分徹底していなかった。

突然、雲の切れ目が見えた。長崎の町が明るい真昼の日光の下にくまなく現われた。運命は長崎をいけにえにすることを選んだのである。

十一時〇一分、そのときが来た。

「最初の閃光の後に、われわれは熔接工の眼鏡をはずした。しかし光は周囲の空一面に照明された青味を帯びた緑色で長い間輝いていた。恐ろしい爆風が機体を叩いた。それは急速に続いて四回繰り返された。そして、そのたびに四方八方から機体に大砲をはなったような轟音をひびかせた。

わが機の観測者たちは、あたかも大地の底から巨大な白煙の輪を吐き出すように大きな火の玉が上昇するのを認めた。次に彼らは、紫色の火のかがやく柱が非常な速度で一万フィートの高さまで空へ突き出して来るのを認めた。それはもはや煙でも塵《ちり》でも火の雲でもなかった。それは生物であった。新しい種類の生物が、われわれの疑い深い眼前で正に出現したのである」[14]

長崎医科大学附属病院本館の外来二階診療室で永井隆教授は、レントゲン・フィルムをより分けていた。時計は十一時を少し過ぎていた。突如目の前に閃光が走った。

「私は大きく目を見開いたまま飛ばされていった。窓ガラスの破片が嵐に巻かれた木の葉みたいに襲いかかる。切られるわいと見ているうちにちゃりちゃりと右半身が切られてしまった。寝台も椅子も戸棚も鉄兜《かぶと》も靴も服も何もかも叩き壊され、投げ飛ばされ、掻き回され、がらがらと音をたてて、床に転がされている私の上に積み重なって来る。私は目を

14　W・L・ローレンス「0の暁」角川書店＝

かっと見開いて窓の外を見ていた。外はみるみるうす暗くなってゆく。ぞうぞうと潮鳴りの如く、ごうごうと嵐の如く、空気はいちめんに騒ぎ廻り、板切れ、着物、トタン屋根、いろんな物が灰色の空中をぐるぐる舞っている。あたりはひいやりと野分ふく秋の末のように、不思議な索漠さに閉ざされて来た[15]」

聖フランシスコ修道院経営の浦上第一病院の医師秋月辰一郎は処置台に横たわっている患者の側胸に気胸針を刺したときに敵機の爆音を聞き、針を引きぬいたとたん閃光と衝撃を感じた。

壁土の煙が消え、二階三階からよろめき下りて来る患者を茫然《ぼうぜん》と見まもったのち、ガラスのこわれた窓から南西の外界を見て彼はあっとさけんだ。

「空は真黒く雲が煙に覆われている。地上には黄褐色の煙が立ちこめている。それが薄れてゆく地上の光景に私は凝然と立ちすくんだ。

地上のすべての建物は、赤々と燃えている。大きな建物も、小さな藁《わら》ぶき屋根の家も燃えている。工業学校も兵器工場も燃えている。山や丘の樹木も、畑の芋の葉も煙を出してくすぶっている。それは燃えている

15　日比谷出版社＝永井隆「長崎の鐘」

というより、地上がのたうちながら噴火しているような光景であった。

　空は暗く、地上は赤く、その中間に黄色の煙がたちこめている。黒と黄と赤の三段の色調が無気味に逃げまどう人間を圧する。人間が虫けらのように見えた」

　やがて町や工場から人々が病院へ洪水のように押し寄せて来た。

「私は子供の時に見た、白衣を着て一つの方向にのろのろと進む亡者の行列の夢を見ている錯覚におちいった。工員風の男、女子工員、学生風の人、それが同じように無表情にゆっくりと歩いて来る。『助けて……』そのうめきが、人々が多くなるにつれて、合して、呪文《じゅもん》のように、地底からの唸《うな》り声のようにこだました[16]」

　県立高女の女学生で、学徒動員のため三菱兵器工場で働いていた十七歳の安部和枝は、崩れた工場の鉄柱や材木の下から這い出した。

「血まみれの裸の体軀を引摺《ひきず》りつつ、唸り、いきまきながら男女工員の群が狂い哮《ほえ》る牛のように何百何千となく工場からなだれ出て来る。かなり走って、やっと工場の門のあった所へ来たとき、前を走っていた一人の年とった男の工員がくずれるように倒れた。『万歳！　天皇陛下万

16　弘文堂＝秋月辰一郎「長崎原爆記」

歳！』と絶叫した。私はこんな緊迫した情景を目の前にするのははじめてだった。劇的ではあったが、同時に全く自然な彼の動作だった」[17]

広島の知人の安否を知ろうとして前日長崎から広島へ向った医学生がある一方、三菱長崎造船所に勤務していて三菱広島造船所へ出張を命ぜられた山口彊という人は、広島で原爆に逢って命からがら長崎へ逃げ戻り、この朝、三菱造船所の水之浦第二事務所の設計室で、みなに広島の状況を報告していた。

みんな、その説明を大袈裟《おおげさ》に思うか、または負傷のため頭がおかしくなったのではないかというような表情で聞いていた。そのとき、ふたたびあの閃光が彼を襲った。[18]

朝、細川護貞侯爵は軍令部に高松宮を訪ね、殿下みずから内閣首班となって和平を講じられることを請うた。高松宮は手をふって、「近衛にやらせろやらせろ」といい、車を貸してくれた。細川が近衛文麿を荻窪に訪ねると、

「ソ連参戦は天佑かも知れない」

17　筑摩書房＝〈現代日本記録全集1〉安部和枝「小さき十字架を負いて」

18　新日本出版社＝「原爆ゆるすまじ」

と近衛は言い、すぐに宮中に木戸内府を訪ねた。[19]

宮中で最高戦争指導会議が開かれて間もなく、迫水書記官長が連絡のためその部屋に入ってゆくと、外相、陸相、参謀総長、軍令部総長がみな重っ苦しく黙り込み、

「みな黙っていてはわからないじゃないですか。どしどし意見を述べたらどうですか」

と、米内海相が叱咤《しった》したところであった。そのときに長崎にも原爆が投下されたニュースが入った。

大衝撃はもとよりであった。最も強硬な阿南陸相も、ついにポツダム宣言受諾を肯定した。

が、彼はふたたび気力を回復し、無条件では承服出来ぬ、本土占領不可、在外日本軍の敵による武装解除不可、敵による戦争責任者処罰不可、この三条件は譲ることは出来ないと主張した。天皇制護持はいうまでもない。梅津参謀総長、豊田軍令部総長もこれに加わった。

会議はついに結論の一致を見ないまま、午後一時に終った。

その朝、作戦部の職員に対し、「もしお上《かみ》が戦さをやめると仰せられ

19　磯部書房＝細川護貞「情報天皇に達せず」

た場合、われわれはたとえ逆賊の汚名を受けても大義のために戦争は続けねばならぬ」と演説した大西軍令部次長は、宮中へおしかけ、短剣などはずすべき場所でわざと吊って米内海相のまわりを徘徊《はいかい》し、海相を牽《けん》制《せい》しようとした。米内はそれを見ると、

「こういうところに、お前ごときが来るべきではない」

と、声を荒らげて叱りつけた[20]。

ついで午後二時半から、首相官邸で臨時閣議が開かれた。

その午後、原爆機は沖縄の読谷《よみたん》飛行場に着陸した。長崎の空に雲が切れるのを待ってあまり長い間旋回しつづけたために、出発時六二五〇ガロン積みこんだガソリンがわずかに七ガロンを残すのみという、不時着に近い着陸だった。長い滑走着陸をする余力もないので、緊急着陸をする旨地上に信号したが、管制塔は気づかなかった。隊長スウィニーは命じた。

「おい、発火信号を打て。全部、残っているやつをみんなやれ！」

ヨタヨタと飛んでいるB29から、「被害甚大」「機内に死傷者あり」な

20　読売新聞社『昭和史の天皇』

ど、さまざまの色の信号が二十本いちどに空にかがやき、飛行場の方ではあわてて滑走路から飛行機を退避させ、消防車と救急車をひきずり出した。

やっと無事着陸したB29に、基地の軍曹が駈け寄って聞いた。

「死傷者はどこですか」

スウィニー少佐は北東の長崎の方を指さした。

「あっちだ」

スウィニーを迎えたのは、沖縄駐留第八空軍司令官ジェームス・ドーリットル将軍だった。日本をはじめて空襲した戦歴を持つドーリットルは、スウィニーの報告をほとんど無表情で聞いていたが、最後に有名な冷たい笑いを浮かべていった。

「スウィニー、私が君に言えるのは、私がやったとき、私が言われた言葉だけだ」

「は？」

「よくやった！」

やがて原爆機はガソリンを補給してテニアンへの凱旋の途についた。

スウィニー機が暗闇のテニアンに着陸したのは、その夜九時三十分(マリアナ時間十時三十分)だった。一回目と異なり、撮影用のアーク灯もカメラマンも勲章授与式もなかった。スウィニーは、まばらな人影の中に、心配に疲れ果てたティベッツ大佐の顔を見出した。[21] 原爆機がテニアンから長崎へ、長崎から沖縄へ、沖縄からテニアンへ長い飛行をつづけている一日の間に、「太平洋戦争」フィナーレの悲歌は各地で奏でられていた。おそらく日本にとって真に「一番長い日」は、昭和二十年八月九日であったろう。

午前五時の新京放送はソ連軍の越境を報道し、軍歌のレコードを続けざまに何度も繰返していた。それでも満州国の首都新京はぶきみな平静さを保っていた。平日と異なるのは、馬車が荷物を満載して市外へ市外へと三々五々走ってゆくのを見かけるだけであった。日系市民たちは関東軍を信頼し切っていた。関東軍ある限り、戦闘は国境にとどまり、関東軍司令部のある新京が危険にさらされるはずはないとみな信じ込んでいた。[22]

21 新人物往来社＝フランク・W・チリノック「ナガサキ」

22 当人社＝森正蔵「旋風二十年」

しかし、朝のうちに、急報により関東軍総司令官山田乙三大将は新京に飛び帰り、参謀長秦彦三郎とともに同徳殿に皇帝溥儀《ふぎ》を訪ねていた。

溥儀はいう。

「山田乙三は背の低い年寄りじみた男で、日ごろは動作は落着いていたし、話し方もゆっくりしていたが、この日は様子がすっかり変っていた。彼は日本軍がどれほど早くから充分の準備をしていたか、どのように必勝の信念を持っているか、ということをせかせかと私に説いた。話すにつれてますます早くなる口調が、彼自身も充分の準備と信念を持っていないことを完全に証明していた。

彼の話が終らないうちに、突然空襲警報が鳴り出した。私たちはいっせいに同徳殿の外の防空壕に入った。入って間もなく、あまり遠くないところで爆発音が起ったのが聞えた。私は念仏を唱え、山田乙三は黙り込んでいた。警報が解除になって私たちが別れるときまで、彼はもう信念の問題などに触れなかった[23]」

同じ朝、ハルピンの南方四十キロにある関東軍の秘密細菌部隊七三一部隊本部は処理されつつあった。細菌爆弾その他の証拠物件のみならず、

23　筑摩書房＝愛新覚羅溥儀「わが半生」

実験用として収容してあった囚人たちも。——それは日本人の作ったアウシュヴィッツであった。

ここに勤務していた軍属秋山浩は書いている。

「中央廊下に入って見ると、無惨にあがき苦しんで絶命した屍体が重なり合い交錯し合って、一面の血にひたって転がっている。目まいの起きそうな、えもいわれぬ煙は、中庭でその屍体を焼いている煙であった。私達は躊躇するいとまもなく屍体運びを命じられた。中庭に引きずり出して穴に放り込むと他の者が石油をかける。数十人の屍体が一度に焼け崩れてゆくのである。

屍体は片づいていった。しかし、半数くらい投げ込んだところで八つの穴が一ぱいになり、あとの屍体を埋める余裕がなくなってしまった。慌てて投げ込んだので底になった屍体が焼け切らずに、場所をふさぐ結果になったのである。

だが、いくばくもなくして次の手段が講じられた。燻《くすぶ》り焼ける屍体の山に水をかけて、火の消えたところから骨を引っぱり上げ、それを粉砕機にかけて粉々にし、トラックに積んで営外へ運び出すのである。よく焼けたところは骨がバラバラになってスコップで掬《すく》えたが、下の方は殆ど人間の形が崩れていず、私達は手摑《てづか》みで膠《にかわ》色になった生焼けの骨を引っぱり出した。ぶよぶよの肉がぶら下がっていたり、片面だけ焼け崩れた頭蓋骨から脳味噌が溢れ出たりした。焼けただれた眼窩《がんか》の底からなおも睨《にら》みつけるように突き出た眼球、骨を持ち上げると、ぞろりと崩れ落ちる焼けついた腸のかたまり、私は自分の頭が燃えているような、精神が抜け出してしまったような気分で、憑《つ》かれた者の如く無心に手を動かした。雨はなおも猛然と降り続いている。粉々にした骨は、沼の水溜りに撒《ま》き散らし、人骨の粉と思わせないために馬の首や脚を滅多切りにして、その上に捨てるという細工までした」[24]

ついでにいえば、昭和十三年満ソ国境を越えて日本に亡命し、以後参謀本部のもとに対ソ諜報活動に従っていた元ソ連ゲー・ペー・ウー長官リュシコフ大将は、ソ連軍進攻の報を聞いて、この朝大連で関東軍情報部の憲兵によって拳銃で射殺された。まさに玉石倶《とも》に焚《や》く大猛火である。[25]

夜に入って新京の事態は急変した。

夜十時半ごろ、新京駅から四キロ離れた大同大街に住む、中央観象台

---

24 〈文藝春秋　昭和三十年八月号〉＝秋山浩「細菌戦は準備されていた」

25 鱒書房＝木村登「原爆機東京へ」

の台員藤原寛人はあわただしく呼び出され、やがて帰って来た。

彼は別人のように蒼白な顔を極度に緊張させて、妻のていにいった。

「一時半までに新京駅へ集合するんだ」

ていは驚愕した。夫はつづけた。

「新京から逃げるんだ」

「どうして？」

夫は言葉短かに説明した。関東軍の家族がすでに移動を始めている。政府関係の家族もこれについで、同じ行動を取るように上部からの命令である。観象台の他の家族たちもそれぞれ準備している。今すぐ出発の用意にとりかからなければならない。

「もちろん、あなたもいっしょでしょう」

ていはそれ以上いい争えず、ただ夫といっしょならなんとか出来るだろうと夫の顔を見た。寛人は首をふった。

「駅までお前たちを送って僕は引き返す。僕には仕事が残っている[26]」

藤原寛人は後の作家新田次郎の本名である。

九日夜一番先に朝鮮へ出発したのは、軍関係の家族であった。十日に

26 日比谷出版社＝藤原てい「流れる星は生きている」

は満鉄関係、十一日には大使館関係、十二日には満州国政府関係、十三日に至ってはじめて一般市民がしんがりとなって出発した。後廻しにされた上、出発に際して異常な混乱に立たされ異常な苦難に直面した一般市民から関東軍を責める声は強く、軍家族の優先的な取扱いは怨嗟《えんさ》の的となり、この行為だけでも「栄光に満つ関東軍」の歌を永遠に封ずる結果となった。[27]

北で「満州国」が滅びようとしているその夜、南のサイゴン北方の檳《びん》榔樹《ろうじゅ》の森影を映す明媚《めいび》なダラット湖畔のホテルで、「新生国家」の三人の代表者を囲んで盛大な祝賀会が開かれていた。三人の客は、日本政府から独立を許されたインドネシアのラーマン、スカルノ、ハッタで、その知らせに胸ふくらませて前日の夜ジャカルタから飛んで来たものであった。スカルノの主治医という名目でスハルトも同行していた。

六十六歳の南方軍総司令官――スカルノの表現によれば「背の高い、ほっそりした、ヨーロッパ人のような風貌をした」寺内元帥は、持前のカン高い声で政府命令を伝達し、独立宣言の日を九月七日と決め、新生国家の誕生に対して祝辞を述べた。これに対してスカルノは、独立許容

27　河出書房＝満蒙同胞援護会編「満蒙終戦史」

を心から感謝し、元帥の「陛下に対する忠誠心」を讃えた。[28]

スカルノはいう。

「彼らは、自分たちが終ったことを知っていたし、私たちも彼らが終ったことを知っていたにもかかわらず、誰一人としてそのことを表に出す者はいなかった。彼らは装っていたのである。私たちも装っていたのである。すべてが茶番劇であった」[29]

しかし、インドネシアは独立したのである。

長崎にも夜が来た。冷たい新月が稲佐山低く光った。ガス雲は依然空にあり、町の断末魔の焔を受けて妖《あや》しくかがやいていた。風は静まって来た。谷間から「海ゆかば」の合唱が起り、草の中から讃美歌の合唱がつづき、息絶えようとする人々の心を潔《きよ》めた。[30]

広島にも四日目の夜が来た。街にはどこにも灯影がなかった。市内は完全に焼け落ちて真暗闇であった。ただ、

「母ちゃん、えらい（苦しい）よう」

と叫ぶ子供の声が静寂を破っていた。聞き馴《な》れてしまったはずなのに、

28 中央公論社＝〈実録太平洋戦争〉田中正明「光また還る」

29 角川文庫＝「スカルノ自伝」

30 「長崎医大原子爆弾救護報告」

何度聞いても聞くごとに心をえぐるように響く声であった。[31]

　この夜十時ごろ衆議院書記官長大木操は議会からの帰途電車に乗った。

「中野駅より朝日新聞特輯号を手にしたる者一々車中に配付して歩く。ソ連対日宣戦布告と大活字にて見出し、モロトフ外相の宣言も掲載しあり。車中乗客一同皆黙してこれを読む。余は事実を已《すで》に知る故に、これを前の乗客に渡し読ましむ。一同の表情を注意するに、皆何ら変ること なく、声を発せず唯黙々として紙面に見入るのみ。軍人あり、若者あり、勤務者あり、この現象を如何に解するか、皆呆然として腰を抜かしたるか、或は来るべきことが遂に来たとの諦めか、或は戦争は軍人や何かがやっているので全く無関心なのか判断つかざる状態なり。一人位立ち上って激励の辞位述べる者あるかと思いたるも、それも聞かず、情けなき次第なり。全く国民は無関心とでもいうべきか」[32]

　こう書いた彼は、しかし自分が立ち上って激励するわけでもなかった。

　徳川夢声はこの夜日記に記した。

「蟬鳴くや後手後手と打つヘボ碁打ち」

31　朝日新聞社＝蜂谷道彦「ヒロシマ日記」

32　朝日新聞社＝大木操「大木日記」

「どう見ても眼のない石や蟬時雨」
「日の盛り鍋に焼かるる胡瓜あり」[33]

午後二時半からの熱泥をこねくり返すような閣議は、いつ果てるともなく続いていた。大半の閣僚の敗北意志、特に東郷外相、米内海相の終戦の論理に対し、依然強烈に立ちはだかっているのは阿南陸相の本土決戦論、一歩ひいてもポツダム宣言の条件付受諾論であった。この様子を刻々聞いていた大本営の「機密戦争日誌」には、焦燥して「小田原評定トハ正ニコレヲ評スベキカ」と書かれた。たまりかねた太田文相が内閣総辞職を提議した。一語ももらさなかった鈴木首相はこのときだけ厳然としていった。

「私は総辞職を考えてはおりません」

夜の十時半を過ぎてなお決せず、鈴木首相は一応参内して奏上する旨を宣して閣議は休憩に入った。そして宮中から、十一時半より御前会議を召集することが伝えられた。それが終戦の聖断の下る場であることを事前に知っていたのは、鈴木と東郷と迫水内閣書記官長だけであった。

33 中央公論社＝『夢声戦争日記』

十一時半過ぎ、首、外、陸海相、両総長、平沼枢密院議長の七人、それに陪席する迫水内閣書記官長、池田綜合計画局長官、吉積、保科の陸海事務局長の四人、合わせて十一人が宮中大地下壕の会議室へ、長い地下道を通って歩いていった。

やがて、玉座後方の扉が開かれて、天皇が蓮沼侍従武官長を従えて現われた。その日、五回も木戸を呼んで刻々情勢をきいた天皇は、ひたいに数本の髪の毛が垂れ下がり、やつれ果てた顔をしていた。

すなわち、この夜の御前会議につらなる人間は十三人であった。

十一時五十分、鈴木首相は御前会議の議長を自分がつとめる旨を宣した[34]。

忍びがたきを忍び……　八月十日（金）

鈴木首相の開会宣言につづいて、東郷外相が冷静な口調でこれまでの

34　時事通信社＝「鈴木貫太郎自伝」、恒文社＝迫水久常「機関銃下の首相官邸」

経過を説明し、戦争終結のやむなきゆえんを説いた。これに対し阿南が反対の意見を述べた。彼は本土決戦必ずしも必敗とはきまっていないといい、

「万一、それでも敗れんか、一億玉砕して日本民族の名を世界の歴史にとどめるのもまた本懐ではありませんか」

と、声涙ともに下って述べた。

つづいて米内はただ一語「私は東郷外務大臣の見解に同意でありま す」と述べただけであった。陸海の両総長は陸相と同趣旨の発言をした。議、依然としてなお決せず午前二時に至った。

このとき鈴木が立って、自分の意見は何もいわず、「すでに長時間にわたって論議を重ねたが、いまだ結論を得ません。しかし事柄は極めて重大であり、また一刻の猶予も許さない事態でありまするから、この際陛下の御聖断を仰ぎとう存じまする」といった。

議場はいっせいに、はっとしたようであった。事前に鈴木首相はこの夜の御前会議で結論は出さない、と約束していたからであった。玉座に歩み寄る鈴木首相に、阿南はのどのつまったような声で、「総理」と声

をかけた。しかし老首相はふりかえりもせず天皇の前に進んでゆき、大きな身体をかがめて最敬礼した。このときの鈴木の動きを、迫水はあたかも歌舞伎の老名優をみるようであったといっている。

天皇は左手をのべて、もとの席にもどるようにいった。耳の遠い老首相はいちど手を耳にあてて聞き直すかたちを見せた。

「それならば、私が意見を言おう」

と、天皇は椅子からやや身体を乗り出していった。

「私の意見は、外務大臣の申しておることと同意である。念のためにその理由を申しておく」

といい、とぎれとぎれに、乱れた抑揚で、一語ずつ絞り出すように、開戦以来陸海軍の言行少なからず相違すること、武官に視察させたところ、軍の呼号する本土決戦の作戦準備も甚だ遅滞していることを責め、かくては皇祖皇宗から受けついで来た日本と日本国民も滅亡のほかはない――といった。その間天皇は、しばしば白い手袋をはめた親指で眼鏡をぬぐい、さらに両頰にぬぐってもぬぐっても流れ落ちる涙をパッパッとはねのけるようにぬぐいながら、

「この際、忍びがたいことも忍ばねばならぬ。私は三国干渉のときの明治天皇をしのぶ。私はそれを思って戦争を終結することを決心したのである」

という意味のことを述べた。

聞く者すべて机にひれ伏して慟哭《どうこく》した。天皇はなお、勇戦して死んだ将兵や戦災死した国民や遺族や在外邦人の運命などに思いをはせる発言をした。迫水は、「陛下、わかりました。それ以上何も仰せられますな」と叫び出したくなるのを必死に抑えた。

やがて天皇は立ち上り、もう一度何かいいたげなかたちをしたが、それ以上何もいわず重い足どりで、うなだれて出ていった。運命の「聖断」は下った。時に午前二時三十分であった。

ついで参列者は首相を先頭に一列縦隊で地下道を出ていった。出口の広間に出たとき、吉積軍務局長は鈴木に近づき、うめき出すように、「総理、約束がちがうではありませんか」とつめ寄った。阿南はそれを抑えて、「吉積、もうよい」といった。[1]

この間、宮中の控室に待機していた外務省の加瀬俊一は書いている。

1 恒文社=迫水久常「機関銃下の首相官邸」

「不思議なことに、この夜は月が出て非常に明るかったにもかかわらず、空襲がなかった。月は静かに荒れ果てた日本の姿をじっと見まもっていたのである。ただ大内山の蚊軍《ぶんぐん》を総動員したかのように、宮中控室の蚊軍の襲撃と満背汗をなす酷暑には全く閉口した」[2]

宮中から陸軍省に帰って来た阿南は、吉積にいった。

「おれは陛下に対して、徹底的に陛下の御意志に反する意見を申しあげた。これは臣として罪万死に値する。またポツダム宣言を受諾することになれば、この敗戦の責任は、陸軍を代表しておれがとるべきだ」

ただ、このように自決の意志をもらしたとき、阿南は平生と同じく眼を細くして、まるで雑談でもしているような静かな笑顔であった。[3]

梅津参謀総長は、待っていた次長河辺虎四郎中将に語った。

「陛下は今や、今後における軍の作戦に全く期待を持たれない。陛下のお気持は、きのうやきょうのことではなく、すでに相当前から軍に対して御信頼を失われていたのだ」[4]

同じ未明のころ、作家大屋典一は東京から九州へ旅行の途中、まだ真

2　日本経済新聞社＝加瀬俊一「日本外交の決定的瞬間」

3　読売新聞社＝「昭和史の天皇」

4　時事通信社＝河辺虎四郎「市ヶ谷台から市ヶ谷台へ」

っ暗でプラットホームだけが仄《ほの》白く浮かんで見える米原駅に着いた。一人が窓から飛び下りると二人目が降りないうちにホームに待っている者が乗り込もうとする。降りる者と乗る者が鉢合せし、上の位置の者が窓にしがみついた者を突き落す。そこで降りるとこんどはホームで殴り合いがはじまるのであった。車内でもほうぼう殴り合いが起った。泥靴で膝を踏み台にされた窓際の者が踏んだ男の背中を殴り、殴られた者は相手の顔を蹴りながら飛び降りてゆくのだった。

東京駅から彼の前に腰かけていた客が、騒ぎが静まると、上着を盗まれたことに気がついた。

その乗客はいかにも困ったように、ぼそぼそと歎きのひとり言を吐きはじめた。切符、旅行証明書、財布、何から何まではいっていたのだそうである。車内が静かなので、その悲しげな声はかなりはっきりみんなに聞えた。すると誰かがどなりつけた。

「うるせえな、いいかげんに黙らねえか！」[5]

長崎にも二日目の朝が訪れた。

5　集英社＝〈昭和戦争文学全集1〉大屋典一「白い翼の下で」

「八月十日の太陽はいつものように平凡に、金比羅山から顔を出したが、その光を迎えたのは、生ける町ではなくて死の丘であった。工場は無造作に圧しひしゃがれて煙突は折れ、商店街は瓦礫《がれき》の浜となり、畑は禿《は》げ、林は燃え、森の巨木はマッチを並べたように倒され、満目荒涼、犬一匹生きて動くものはない。夜中突然火を発した天主堂が、紅蓮の炎をあげて最後のピリオドを打っていた」[6]

九時、阿南は陸軍省の防空壕に全高級部員を集めて御前会議の経過を伝え、

「この結果は諸官に対し甚だ申しわけがないと思っているが、聖断とあればやむを得ない。しかし、先方の返答次第で和戦まだ決定したわけではない。この際最も大切なのは軍の一糸乱れぬ結束である」

彼はここで手にしていた鞭《むち》をびゅっと振った。

「いま勝手な行動をとろうという者があれば、この阿南を斬ってからやれ[7]」

十時、東郷外相は会見を申し込んで来たソ連大使マリクに会った。ずんぐりした身体にしゃれた黒い背広を一着に及んだマリクは、ソ連

6　日比谷出版社＝永井隆「長崎の鐘」

7　新聞月鑑社＝外務省編「終戦史録」

政府の訓令にもとづきいま宣戦布告状を手交すると鄭重に告げた。東郷は有名な冷凍魚の眼で、真珠湾攻撃のあと野村大使に向ってコーデル・ハルが演じた抑制された侮蔑の表示に匹敵する演技を演じた。彼は、日ソ中立条約がまだ有効であるうちにソ連が攻撃した卑劣を指摘した。またソ連が調停者として行動してくれるようにという日本の要請に応えることなく、日本の意向を何ら確かめる努力もせずに背信の戦争をしかけたことを指摘した。

何といわれてもマリクには蛙の面に水であった。ソ連が攻撃を開始してからこのときまでに三十四時間が経過していた。満州のソ連軍はすでに場所によっては百マイル以上も進撃していた。[8]

午後一時から重臣会議が開かれた。閣僚の大半は、国体護持さえ保証されるならポツダム宣言受諾に異議はない旨を述べたが、小磯のみは不可をとなえ、かつきょうの集りは会議ではなく決定通告のように思われるが、一体誰の考えによるものであるかと詰《なじ》った。首相は苦り切った顔をし、東郷は「大命に基づいたものであります」と答えた。小磯は、「それでは何も申しますまい」と不機嫌に口を閉じた。

8　時事通信社〝レスター・ブルークス「終戦秘話」

ついで東条が、「私は小磯大将と同意見であります」といった。[9]

午後三時から、天皇は引続き七人の重臣の一人一人の意見を徴した。

東条は奏上した。

「軍はサザエの殻《から》であります。殻を失ったサザエはついにその中身も死なないわけには参りませぬ」

彼は国軍の武装解除が天皇制破滅に及ぶであろうと指摘したのである。

あとで近衛からこれを聞いた細川護貞侯爵はその日の日記に記した。

「嗚呼《ああ》しかれども殻はすでに大破せられおらずや！」[10]

東条と小磯は宮中からの帰途打ち連れて阿南陸相を訪ねた。陸相は多くを語らなかったが、米内海相は嘘つきであると憤懣《ふんまん》の語をもらし、また硬派の両長老に対しては、「わが方の連合国への申し入れは無条件ではなく条件つきですから、まだ和平に決したわけではありません」といって一応安堵《あんど》させた。[11]

この日ごろ、奔走する東条が乗り廻していた車は、近くに住んでいる実業家五島慶太から運転手つきで借り受けたものであった。そのために五島は、東条が不要のときその車に乗っていると、間違って暗殺される

9　小磯国昭自伝刊行会「葛山鴻爪」

10　磯部書房＝細川護貞「情報天皇に達せず」

11　小磯国昭自伝刊行会「葛山鴻爪」

怖れがあると脅されていた。[12]

午後四時半、阿南は突如凄じい――悪文の意味でも――「陸軍大臣訓示」を発した。

「全軍将兵に告ぐ。ソ連遂に皇国に寇《あだ》す。明文如何に粉飾すと雖《いえど》も大東亜を侵略制覇せんとする野望歴然たり。事茲《ここ》に至る。又何をか言わん、断乎神州護持の聖戦を戦い抜かんのみ。仮令《たとい》、草を食《は》み土を噛り野に伏すとも断じて戦うところ死中自《おのずか》ら活あるを信ず」

この日、大西軍令部次長は、富岡作戦部長に「天皇といえども時に暗愚の場合なきにしもあらず」とさけんだ。[13]

しかしその満州では、恐ろしい混乱の中に、関東軍関係につづいて満鉄関係の家族が新京から逃れようとしていた。

皇帝溥儀《ふぎ》の通訳を務めている満州国司法部参事官の嘉村満雄は、この朝関東軍総司令官山田乙三大将の皇帝への通訳をするために軍司令官官邸に急いだ。

「町は騒然たる様相を呈していた。関東軍の家族と思われる防空服装に身を固めた婦人が、背中に小さな子供を背負い、左手に五歳くらいの子

12　東洋書館＝三鬼陽之助「五島慶太伝」

13　軍事研究社＝「太平洋戦争と富岡定俊」

供の手をひき、右手に大きな行李を抱えてあえぎあえぎ急いでいた。まるでもののけに憑かれたような、放心したような顔には汗が筋を引いて流れ、無心の幼児は泣きわめきながら引きずられるようにしてついてゆく。路傍の中国人たちは、そんな姿を、憐憫《れんびん》或いは無関心、或いは憎々しげな表情で見送っていた。

軍司令官邸につくと、まもなく玄関に、山羊鬚《やぎひげ》をたくわえた関東軍司令官山田乙三大将が、小柄な姿を完全な軍装に固めて出て来た。が、その姿はあまりにも悄然たるものがあった。そのうしろから夫人が送って出て来たが、その目がまた真っ赤に泣きはれている。武人の門出というものは壮烈なものと考えていた私は、その光景におやっと思った」

また彼はその日の夕刻、忠霊塔の前の広場にひしめいている関東軍家族の群を見た。

「日頃は軍の家族であることを自負し特権を意識して妙にとり澄ましていた彼女たちが、今はその誇りもたしなみも忘れ果てたかのように、口をあけ目を血走らせ、カン高い、うわずった声で叫び合いどなり合いながら騒ぎまわっているのであった。しかもこの雑然騒然たる群の中にも、よく見ると、将校達の家族と下士官軍属の家族とは、おのずから別個のグループを形造っているのが看取された。この土壇場でなお将校家族の特権をひけらかそうとしている態度を見せつけている群に対し、嫌悪の眼をむけたとたん、瞳に飛び込んで来たのは、その中で、ひしと抱き合って最後の別れを惜しんでいる一組の男女の姿であった。しかも男の方は軍装に身を固め、その肩には金色燦然たる関東軍参謀肩章が吊るされていたのである[14]」

満州の重工業を一手に握る「満業」の総裁室主事柏原一馬はいう。

「軍からおもな会社の責任者はみな市公署の講堂に集まれ、というので満業からわたしがいったんですが、参謀が出て来て、いまソ連軍は国境の各方面から入って来ている、新京は死守するつもりだが、どんなことになるかわからぬ。君らも覚悟して、ともかくこの際は軍に協力して欲しい。軍が望むものは何でも供出して欲しい。さしあたって君らは、帰ったら茶ワンの類を各会社の玄関に出しておいてくれ、軍はあとでトラックで集めにゆく、というんです。何とも情けない話でしたよ。ソ連がどんどん入って来ているというのに、まず茶ワンを供出しろとはねえ[15]」

14 大学書房＝嘉村満雄「満州国壊滅私記」

15 読売新聞社＝「昭和史の天皇」

おそらく大急ぎで狩り集めたおびただしい兵隊のための茶碗であったのだろう。

ソ連軍は国境を突破して北朝鮮へも侵入を開始していた。所在の日本人は避難し始めた。

その北鮮阿吾地の灰岩工場に勤務していた一日本人はいう。

「社長は一昨年海軍から天下って来た人で、平素は国家に立派なお題目を唱えて従業員には威張りながら、事が起るや周章狼狽、ひたすら自分の家族だけを避難させるのに専念し、乗用車に乗って食糧も豊富に持って出かけたのでした。

その外の従業員はみな歩いたのです。老人も、子供も、病人も喘《あえ》ぎ喘ぎ歩いたのです。しかもこの蜿蜒《えんえん》たる徒歩の列を、第一部隊のトラック、乗馬部隊、警察、憲兵のトラック、牛車がこれを蹴散らすようにうしろから追い越していったのです。警察や憲兵は権力の威をかりて集めたトラックや牛車を、自分の家族輸送に使ったのです。これは羅津も清津も例外なしで、どこの官憲も一般人を取り残し、自分の家族を先に逃がしたそうです」[16]

16　集英社〈昭和戦争文学全集1〉鎌田正二「北朝鮮日本人受難記」

そしてまた中国でも、日本がポツダム宣言受諾の意志のあることを明らかにしたことが、すでに民衆の間に知られていた。

上海の町は、もう十日の午後にあちこちに青天白日満地紅旗がへんぽんとひるがえっていた。上海駐在の毎日新聞記者、前芝確三は記す。

「その上、どこにかくして持っていたのか、正装の蔣介石の近影を、もうショーウインドウにちゃんと飾っている店もある。そして三民主義青年団という青年の団体がトラックに乗って、さかんにドラと太鼓を打ち鳴らしながら威勢よくデモをやってるんです。公用で外出している（日本の）兵隊さんが、『支那さんのお祭りかな』といった顔つきでポカンとそれを見送っている。彼らには、まだ何のことかわからなかったんです」

そのことを知った一陸軍中佐は、悲壮な顔で前芝記者にいった。

「おれはどうも天皇陛下は自決されるのではないか、と思うんだ。とにかく神州不滅で、日本は今までいくさに負けたことがない。今の陛下の御代になってはじめて敗戦の汚辱を被ることになるわけだ。これは御先祖に対しても国民に対してもまったく申しわけのないことで、形式的にいえばその責任はやはり陛下にある。その責任を負われて、陛下はきっと自決されると思う。そうなると、その股肱《ここう》であるおれたちも、腹かき切ってお従い申さぬわけにはゆかん。……」

「そういうこともあり得るかも知れませんが。……」

と、前芝記者はあいまいに答えた。

「まあ、ないでしょうな[17]」

夜八時十分過ぎ外務省情報課長太田三郎は放送会館を訪れ、ポツダム宣言受諾文を海外放送にかけるように依頼した。公式には朝、スイス、スウェーデンを介して送ったのだが、それでは連合国に達するのに時間のかかることが想像されて、それより一刻も早くこれを伝えるためには海外放送にしかずと考えてのことであったが、これまで軍の動向を見はからっていたものであった。果せるかな、それを三回ばかり繰返したところで軍から差しとめられてしまった[18]。

しかし、それは達した。トルーマンは記す。

「八月十日午前七時三十三分（日本時間午後九時三十三分）わがラジ

17　雄渾社＝前芝確三・奈良本辰也「体験的昭和史」

18　〈文藝春秋昭和四十年八月号〉＝片桐顕智「知られざる電波太平洋戦争」

オ・モニターは東京からの放送を聞いた。——」

日本は降伏の意志を伝えて来た！　トルーマン大統領はこれに対して協議するため、午前九時（日本時間午後十一時）に彼の幕僚長レーヒ提督、バーンズ国務長官、スチムソン陸軍長官、フォレスタル海軍長官に参集するように命じた。[19]

日本降伏の大ニュースは一瞬に全世界にひろがった。

沖縄のバックナー湾（中城湾《なかぐすく》）の米艦隊の空に、突然ひとつの緑がかった照明弾が空高く炸裂《さくれつ》して、月の方へ向ってスルスルと落ちていった。すると島じゅうからたちまち目を奪うばかりの火柱がはなやかに立ちのぼった。真紅の曳光弾が無数に打ちあげられ、数え切れない青と白の探照灯が乱舞した。

甲板で水兵たちの躍り跳ねる物音がとどろき出した。沖縄の陸上からもきらびやかな色彩が打揚げられ、幾筋かの豪奢《ごうしゃ》な流れとなった。水面を機銃の音が鳴り渡り、殷々《いんいん》と砲声もとどろいた。勝利者の浪費する栄光であった。[20]

19　恒文社＝「トルーマン回顧録」

20　フジ出版社＝ハーマン・ウォーク「ケイン号の叛乱」

すべて日本国民には秘密のはずであったが、暗い町を流れる情報の早さよ。

夜、高見順は鎌倉の文士たちがこの五月から開いた貸本屋「鎌倉文庫」へいった。

「途中、清水崑君に会い、横山隆一君の細君が疎開先で死んだと知らされる。急性腹膜炎。疎開した先が、蚕室を改造したひどいところで、結局疎開の為に死んだと言っているらしい。子供をかかえてフクちゃんはどうしているだろう。

店へゆくと、久米さんの奥さんと川端さんがいて、

『戦争はもうおしまい。――』

と言う。裏を閉じて計算していたところへ、中年の客が入って来て、今日、御前会議があって、休戦の申入れをすることに決定したところだと、そう言ったというのだ。明日発表があると、ひどく確信的な語調で言ったとか。

あの話し振りでは、満更出鱈目《でたらめ》でもなさそうだと川端さんが言う。

『浴衣掛けでしたけど、何んだか軍人さんのような人でしたよ』

と久米さんの奥さんは言う。

『休戦、ふーん、戦争はおしまいですか』

『おしまいですね』

と川端さんは言う[21]」

東京杉並の徳川夢声もこの夜晩《おそ》くこの「流言」を聞いた。

「それにしても、あんまり早かったので、意外であった。

『お茶でも入れましょう』

と静枝は、火鉢に小さな薪を燃やし、真黒に煤《すす》のついているアルミの薬缶《やかん》をかけ、電気冷蔵庫から、ヤミの葡萄糖《ぶどうとう》の塊を出し、ナイフで削った。

『お通夜だね』

と私が言った[22]」

大本営陸軍参謀晴気清少佐は、サイパン方面作戦の担当幕僚として強く責任を感じ、サイパン陥落以来内心死所を求めていたが、この夜家族宛に遺書を書きはじめた。

「戦争は遠からず終ることと思う。それが如何なる形において実現する

---

21 勁草書房＝「高見順日記」

22 中央公論社＝「夢声戦争日記」

にせよ、予はこの世を去らねばならぬ。地下に赴いて九段の下に眠る幾十万の勇士、戦禍の下に散った多くの人々にお詫び申しあぐることは、予の当然採るべき厳粛なる武人の道である。サイパンにて散るべかりし命を今日まで永らえて来た余の心を察せられよ」

彼は十六日に市ヶ谷台上で自決した。[23]

そのころ、迫水内閣書記官長は「終戦の詔勅」の草案に涙と汗をながしていた。[24]……

同じ夜、フィリピン、レイテ島のタクロバン北方四キロのパロの収容所に収容されていた捕虜陸軍一等兵大岡昇平は、九時ごろ、タクロバン方面の空に突然無数の探照灯の光束《こうそく》が立ち、左右に交錯し、湾内に碇泊《ていはく》した船が汽笛を鳴らし、赤と青の曳光弾が飛びちがうのを見た。

日本機の空襲よりも防空演習よりも、彼は一つの予感をおぼえ、一散に門に向って駆けた。反射灯に照らされた門のところに米兵たちが抱き合って踊っていた。彼はこの光景が何を意味するかを知った。

「哭《な》きさけぶ言葉も尽きてますらをは土に打ち伏し崩れつつ止む」

23　朝雲新聞社＝防衛庁戦史室「中部太平洋陸軍作戦」

24　恒文社＝迫水久常「機関銃下の首相官邸」

と、そのときの収容所の中の歌人兵士が歌ったのは誇張されてはいるが、多くの泣く人影が小屋の中で抱き合い、もつれたのは事実である、と大岡昇平は書いている。

「ほんとですか、嘘だといって下さい、嘘だと。まだ負けたんじゃないでしょう、負けるはずはないです」

と、中隊長にかじりついて泣く若い兵士。

「あーあ、なんで日本敗けたんかなあ、天皇陛下も何してんのやろか。自分のお体を投げ出して、自分の命を召されてもいいから、日本国をお助け下されと、伊勢神宮へお祈りなされたら、神風も吹かんこともなかったろうになあ」

と、ひっくり返ってもだえる俘虜《ふりょ》の中の「過激派」小隊長。

それらを描いたのちに大岡昇平は記す。

「私はひとりになった。静かに涙が溢れて来た。反応が遅く、いつも人よりあとで泣くのが私の癖である。私は蠟燭《ろうそく》を吹き消し、暗闇に坐って、涙が自然に頰に伝うにまかせた。（中略）

私は人生の道の半ばで祖国の滅亡に逢わなければならない身の不幸を

しみじみと感じた。国を出る時私は死を覚悟し、敗けた日本はどうせ生き永らえるに値しないと思っていた。しかし私は今虜囚として生を得、その日本に生きねばならぬ。

しかし慌てるのはよそう。五十年来わが国が専ら戦争によって繁栄に赴いたのは疑いを容れぬ。して見れば軍人は我々に与えたものを取り上げただけの話である。明治十年代の偉人達は我々と比較にならぬ低い文化水準の中で、刻苦して自己を鍛えていた。これから我々がそこへ戻るのに何の差支えがあろう。（中略）

小屋は静まり返っていた。奥行十間ばかり、両側に並んだベッドに俘虜はただ長々と横たわり、黙って天井を見凝《みつ》めていた。

その時彼等の考えていたことは、それぞれ異るであろうし、無論一傍観者の推測を超えている。しかし私はほぼ彼らが何も考えていなかったと信じている。例えば私は彼等の中で泣いた者が、極く少数の感傷家にすぎなかったのを知っている。しかもそれさえ俘虜だからこそ泣く余裕があったというだけの話である。

日本降伏一時間後の、これら旧日本兵士の状態は要するに無関心の一語に尽きる。『祖国』も『偉大』もこの黙って横たわった人々の群に比べれば、幻影にすぎない」[25]

捕虜になったこの一兵士の方が、日本人の誰よりも早く誰よりも正確に日本の投げ込まれた運命を分析していた。

八月十一日（土）

まさにこれ日本の通夜なり

徳川夢声は書いた。

「只今八月十一日零時半
雨止みて雨だれの音もまばらなり
省電の毎夜の疎開の音も聴えず
貨物列車も絶えて通らず
況《いわ》んや警報も発せられず
東部防空情報のブザーも聴えず

---

25 角川書店＝大岡昇平「俘虜記」

四辺森閑たり
まさにこれ日本の通夜なり
仏壇にある故竜夫少佐の写真に
線香を供えて吾は呟けり
『御苦労様でしたね』と
試乗機の胴体と共に
筑紫の海底に眠れる英霊よ
霞ヶ浦より吾に銘酒をもたらせる君よ
この日本の通夜を知り給うや[1]」

トルーマン達は協議した。バーンズ国務長官は、「日本の申し込みは無条件ではない。天皇の国家統治の大権を変更せず、という条件を含んでいるではないか」と受諾に難色を示したが、スチムソン陸軍長官は、「硫黄島や沖縄における米軍の物凄い流血を再現しないために」、レーヒ提督は、天皇の問題を拒否すると「日本国民は最後の一人まで抵抗をやめないであろうから」受諾するように勧告した。フォレスタル海軍長官

1　中央公論社『夢声戦争日記』

も同意見であった。バーンズは対日回答案を作製するために一時間の余裕を請うた。[2]

ホワイトハウスではペンキ屋がお化粧中であった。ラフェット広場にはすでに情報を知った群衆が集まって来て、「ハリーに逢いたい！ハリーに逢いたい！」とさけんでいた。

ニューヨークではサイレンが鳴りひびき、窓という窓から紙つぶてが洪水のように降り、ブロードウエイでも五番街でも群衆が踊り出した。[3]

ロンドンでも、それは午後から夕刻にかけての時間であったが、オールドウイッチからオクスフォード・サーカスにかけて、色とりどりのテープが至るところのビルから風を孕《はら》んで舞い下り、通りという通りはたちまち窓から放り出された細かい紙片で満たされた。ピカデリー・サーカスとそこに通じるあらゆる通りは、踊り狂う群衆に満たされ、一人の娘が交通信号機のてっぺんにまたがって「日本が降伏した！」とさけんでいた。[4]

一時間たってバーンズは対日回答案を提出した。

「天皇及び日本国政府の国家統治の権限は、連合国最高司令官の制限の

2　毎日新聞社＝「太平洋戦争秘史」

3　読売新聞社＝アンドレ・モロア、ルイ・アラゴン「西と東」

4　〈ロンドン・タイムズ〉一九四五年八月十一日

下に置かれるものとする。……」

スチムソンは見て、この回答を「傑出せる文書」と評した。それは、これが日本側の出した条件を直接受諾することを避けながら、しかも日本側を絶望させないという目的を達したものだったからである。

トルーマンは、どこで降伏調印式をあげようか、というレーヒ提督の問いに、それは東京湾上で、戦艦ミズーリの艦上で行うように、と命じた。それはミズーリが最新最強の戦艦であるのみならず、トルーマンの出身の州の名だからであった。[5]

午後三時四十五分(日本時間十二日午前五時四十五分)から、米国案がイギリス、中国、ソ連などに打電されはじめ、連合国は協議を開始した。

これを受けたモスクワは、真夜中近い時刻であったが、どう反応したか。ハリマン米大使はいう。

「私がモロトフのところにいたとき、電報が入りました。モロトフは、それでは無条件降伏にはならない、従ってソ連はこのまま満州への進撃を継続すると申しました。彼は明らかに戦争の続くのを喜ぶ印象を私に

5　恒文社＝「トルーマン回顧録」

与えました」

ついで、モスクワ時間午前二時（日本時間午前八時）モロトフは、日本占領軍最高司令官は二名とし、その一人は極東軍総司令官ワシレフスキー元帥にしたいという提案を示したが、ハリマンに拒否された。[6]

大分基地で指揮中の第五航空艦隊司令長官宇垣纏中将は、午後に至ってはじめて日本が降伏の意志を連合国に示したことを知った。しかも東京からではなく、サンフランシスコ放送を傍受して知ったのである。

彼は驚倒し、「かかる重大事項を何故に全責任を帯ぶる長官に一言せざるや」と悲憤し、かつ書いた。

「矢弾つき果て組織的の抗戦を不可能とするに至るも、猶天皇を擁して一億ゲリラ戦を強行し決して降伏に出づべからず。この覚悟徹底せば決して敗るるものに非ず、遂に彼らをして手を焼きて投出しとならしめ得べし」[7]

同じころ陸軍省の防空壕でも、後にクーデターを計画した五人の中堅将校が悲憤していた。

6　恒文社＝「トルーマン回顧録」

7　原書房＝宇垣纏「戦藻録」

彼らは、天皇は弱虫であるがゆえに降伏を急いでいると考えた。そもそも天皇は文治の明君かも知れないが、武断の点においては明治天皇とはだいぶちがう。特に皇太后が爆撃を恐怖して天皇にせっついてやまないのだという情報を確信していた。天皇や皇太后の臆病風のために日本の歴史が汚されてはたまらない。ではどうするか、天皇を、たとえ戦争はいやであろうと人質にして、山岳地帯に拠《よ》り永久抗戦をするのだ。[8]

このような暗雲渦巻く市ヶ谷から夕刻三鷹の自邸に帰った阿南は、夫人がそれまでにかつて見たこともない不機嫌な表情をしていた。そして彼は、自分の戦闘帽を尊敬する荒木大将に贈るように命じた。それはすでに形見分けのつもりであったと思われる。[9]

連合国からの回答は来なかった。この日は日本の首脳にとって、ジリジリと喘ぐようないらだたしい一日であった。そして一般国民はまだ何も知らず――少数の例外を除き――長い、つらい戦争の中の一日に過ぎなかった。B29を始めとするアメリカ、満州朝鮮におけるソ連の攻撃は瞬時も休むところがなかった。

8　〈文藝春秋臨時増刊昭和二十七年八月〉＝涼風読本・「終戦史録」

9　講談社＝沖修二「阿南惟幾伝」

その少数の例外の一人、前比島大使村田省蔵は、夕方息子を呼んで降伏のことを伝え、敗北は自業自得の結果であり、今後日本の再興はおまえたち若者の双肩にあると諭した。そのとき、妻の閑子がそばから言った。

「私もこのまま戦争に勝ったら冥利《みようり》に尽きると思っていましたわ」[10]

「高見順日記」より。

「店へ寄った。裏に、小林秀雄、永井龍男、中山義秀の諸君がいた。今日は川端さんの番。

『今日はまた、大変な繁昌です。みんな知らん顔して、知っているのかも知れません』と川端さんが言った。(日本降伏のこと)

街の様子は、前日と同じく実に平静なものだった。無関心の平静――と言うべきか。

大変な訓練のされ方、そういうことがしみじみと感じられる。同時に民衆の表情にはどうなろうとかまわない、どうなろうとしようがないといった諦めの色が濃い。絶望の暗さもないのだ。無表情だ。どうにかなるだろうといった、いわば無色無味無臭の表情だ。

10 原書房＝村田省蔵「比島日記」

これではもうおしまいだ。その感が深い。とにかくもう疲れ切っている。肉体的にも精神的にも、もう参っている。肉体だけでなく、精神もまたその日暮しに成っている」[11]

内田百閒のところへ夕方知人の康助なる人が訪れた。

「康助は美野から聞いた話なりとて、亜米利加は明十二日、東京に原子爆弾を落とすと云っている。この頃は敵の予告がその通り実現するから、用心しなければならない。若しそう云う事になったら、甘木は自転車に乗って美野を後に載せ、どこか家並みを離れる方角へ一生懸命に走ると云う事にした由である」[12]

この日防空総本部から、「新型爆弾に対する心得」が発表された。

「白い下着の類は火傷を防ぐために有効である。最も簡単な手当の法は、この爆弾の火傷には油類を塗るか、塩水で湿布すればよい」[13]

まだ日本降伏のことを知らないどころではない。——

広島の逓信病院にはこの日大快報が入った。

「痛快なニュースが府中方面からはいって来た。あれと同じ爆弾が日本

11　勁草書房＝「高見順日記」
12　三笠書房＝内田百閒「鬼園の琴」
13　青木書店＝西島有厚「原爆はなぜ投下されたか」

にもあったのだ。あまりひどいので今まで使わずに隠してあったのだ。敵が使ったからこちらも使う。帝国海軍特別攻撃隊は特殊爆弾をもってアメリカ本土を攻撃せり、未だ帰還せざるもの二機、と大本営発表があったという。六発の渡洋爆撃隊が出ていったに違いない。アメリカの西海岸は大変なことだ、やっとるぜえ、シスコやサンチェゴ、ロサンゼルス、カリホルニア、西海岸は処置なしだ。海軍の強襲、爆弾抱えて飛び込むのだから成功は間違いなしだ。広島以上にやられているに違いない。病室の空気が俄《にわか》に明るくなった。みな大喜びだ。怪我のひどい者ほど敵愾心が強い。冗談が飛び、中には凱歌をあげる者さえあった」[14]

不思議なことに、同日長崎にも同じ流言が流れていた。

浦上第一病院の壕にいた秋月辰一郎医師のところへ町内会長の竹内がやって来て、

「先生、日本もアメリカに新型爆弾を使用したそうだ。新型爆弾で沖縄もアッツ島もキスカ島もサイパン島も取り戻したそうだ。わが連合艦隊はいよいよ最後の出動をしたそうだ」

竹内会長は砂漠で死にかかった人間がオアシスを見たときのような笑

14 朝日新聞社＝蜂谷道彦「ヒロシマ日記」

顔でいった。

「そんな馬鹿な。……」

と、秋月は首をふったが、しかし竹内会長は、新型爆弾がもうニューヨークやワシントンにも落されたと主張してやまなかった。[15]

しかし、その日長崎南郊多良岳の麓に落ちていた落下傘が発見され、それに三個の円筒がついていることが報告され、五人の「決死隊」が水盃をかわしてそれを取って来た。その中には、東大物理学教室の嵯峨根遼吉博士宛の「原爆作戦指導司令部にて、三人の科学者の友より」と署名した降伏勧告の手紙があった。原爆とともに投下されたものである。

「わたしたちが最近完成した原爆製造工場が昼夜兼行で生産に拍車をかければ、あなたの国を潰滅させることは容易なのです。日本の参謀たちに、これ以上戦争を続けるなら、日本国民に恐るべき終局が起ることを知らせてやって下さい。……」[16]

そしてまた日本には、アメリカへの渡洋爆撃隊どころか。――

運命をよそに、「橘花《きっか》」はこの日午後三時から、木更津で二回目のテスト飛行にとりかかった。

15　弘文堂＝秋月辰一郎「長崎原爆記」

16　読売新聞社＝「昭和史の天皇」

が、この日は離陸を助ける火薬ロケットが噴き終った瞬間、橘花は突然機首を下げ、海中に飛び込んでしまった。日本最初のジェット機はついに成功しなかったのである。[17]

東満州の東安から鶏寧へかけてつらなる開拓団の村々の住民は続々と西南へ避難を開始していたが、しかし精強関東軍の存在を信じ、移民以来営々と汗を流して拓《ひら》いた田畑を捨てて逃げることになお踏み切れない人々も多かった。その一つ永安屯の群馬部落はやっと十一日に避難開始ときまったが、この朝物見台に立っていた開拓民の一人が、早くも地平線に巻きあがる砂塵が刻々大きくなって来るのを見た。

「ソ連の戦車団だ!」

村は極度の混乱に陥った。もはや逃げるのは間に合わなかった。ソ連軍に攻めこまれたらどんなにむごたらしい目にあわされることか。若い女たちは、特に死を急いだ。女たちにせきたてられて銃のひきがねが次々にひかれ、部落には硝煙と血の臭いが渦巻いた。この朝、女、子供をふくめてみずから死を求めた者四十九人。

---

17 ニトリア書房=白根雄三「橘花はかなくあれど」

地平線から近づいて来たのは、隣の朝陽村、黒台村に住む日本開拓民の避難の馬車の行列であった。[18]

この朝、新京の「精強」関東軍玄関の大きな菊の御紋章はすでに夜のうちにみずから撤去されていた。[19]

サレンダーは伏降と訳せ　八月十二日（日）

十日午前七時、日本政府が条件づきでポツダム宣言受諾の打電を発してから四十数時間、それは日本政府にとって息づまるような時間であったが、この十二日午前三時、同盟通信社はようやく連合国側の回答を受信した。

外務省ではすでに関係者が集まっていたが、果然この中の「天皇は連合国最高司令官の制限の下に置かる」（サブジェクト・ツー）という一句が問題になった。これは正確には従属とか服属とかを意味しているが、

18　番町書房＝角田房子「墓標なき八万の死者」

19　当人社＝森正蔵「旋風二十年」

それでは軍を刺戟するであろう、「どうせ軍人は訳文だけを見て判断するのだから」と渋沢信一条約局長は、下田第一課長と相談の結果、「制限の下に置かる」という、これまた傑出せる名訳を案出したのであった。

渋沢信一手記。

「そこで訳文をまとめて広尾の外相邸に出かけた頃には夜はすでに明けていた。多分六時頃だったと思う。外相は普段着の儘《まま》すぐ出て来たが、我々の顔を見ると、『どうなんだい』といってドカッと腰を下ろした。沈痛ともいえる顔つきで、我々は外相の人間味に接した気がした」[1]

これより二日間にわたり、日本の中枢部は改めて熱狂の炎に吹きくるまれた。そしてこれに対して東郷外相にとっての「死闘」が繰りひろげられることになる。

まず午前八時半、豊田軍令部総長、梅津参謀総長は天皇に対して敵側回答案の受諾拒絶を奏上した。これに対して天皇は気にいらぬ風で、「まだ敵側の公式の返答でもなく、しかもお前達の訳語も適当であるかどうかも疑わしいのに、たちどころにいまそれにやかましく文句をつけるのはどうか」

1 新聞月鑑社＝外務省編「終戦史録」

と、やり返した。[2]

　このことを知った米内海相は、すぐに豊田総長と大西次長を海軍省に呼びつけた。大西のごときは血相を変えて大臣室に入っていったが、これに対して米内は一時間半にわたり叱責した。麻生秘書官はいう。「大臣があんな大きな声を出されたのははじめてのことだった」

　豊田は米内に叱られて、ついに「進退はいつでも覚悟している」と音《ね》をあげた。米内はいった。「それは君の考えるべきことではない。私の考えることだ」

　軍令部の両巨頭を厳然と叱責した米内は、あとで高木惣吉にいった。

「とにかく私は弱いことになってるそうだよ」

　しかし、かつては白皙豊頬《はくせきほうきょう》、かがやくばかりであった米内光政は、このころすでに枯槁《ここう》の相貌であった。[3]

　午前十時、陸軍省でも幕僚らは阿南のところへ押しかけて受諾阻止を強要し、阿南の義弟竹下正彦中佐などは、「もし阻止出来なければ大臣腹を切って下さい」と叫び、これに対し戦備課長佐藤裕雄《ひろお》大佐が、「御前会議で決ったとあれば、軍は妄動をつつしむべきではないか」と発言

2　時事通信社＝河辺虎四郎「市ヶ谷台から市ヶ谷台へ」

3　文藝春秋新社＝緒方竹虎「一軍人の生涯」、文藝春秋＝高木惣吉「私観太平洋戦争」

したのに向き直って、畑中少佐は、「大臣、バドリオ（裏切者）を処分して下さい」と罵ったほどであった。あとで首相官邸へ向う車の中で、阿南は憮然として、「竹下に言われなくとも、おれくらいの年になれば、腹を切るなど何でもない」と呟いた。阿南は五十八歳であった。

天皇、政治家、軍人、その他関係者が狂えるごとき渦をそれぞれ巻いたのち、午後三時半から「閣僚懇談会」が開かれた。

この日前後の東郷外相を下村海南は描く。[4]

「彼の顔面は蒼白である。切れ目で、とげとげしい。言葉は切口上で、声はかすれて鼻にかかっている。愛想とか愛嬌とかはどこかへ置き忘れている。秋風蕭殺《しゅうふうしょうさつ》、木枯しの寒々とした感じである。話ににべがなく取りつくシマもない。開戦当時外相であった彼の態度にグルー米大使が反感を持ったというが無理もない。

しかし、いよいよこの段階に入ると、木で鼻をくったような彼のしぶとい冷静さがものをいいはじめた。昼夜の別なく、不忠なり、卑怯なり、裏切りなり、謀叛《むほん》なりという大手からめ手の軍部のゆさぶりに、彼はテコでも動かなかった。

4 新聞月鑑社＝外務省編「終戦史録」

彼は一切刷り物を配らない。敵の和平条項を見せてくれというと今翻訳させているという。長くもない条項の訳文を、いくら催促させても今持って来させますと口先ばかりではぐらかしてゆく。原文を見せたら、サブジェクト・ツーを制限の下にありなどとは、けだしおかしいくらいのものである。とうとう彼は、訳文はおろか原文も一切閣議の卓上に見せずじまいにしてしまった」[5]

これに対する巨魁《きょかい》はいうまでもなく阿南陸相であった。陸軍は連合国回答案文の中のサレンダーという語にも激烈な嫌悪を示した。日本軍に降伏ということはない。「しかし、サレンダーは降伏としか訳しようがない」と外務省の方で答えると、「では伏降と訳せ」とどなりつける始末であった。[6]

――十日の夜にフィリピンの捕虜大岡昇平は「日本降伏一時間後」の感慨を催していたけれど、日本はまだ降伏してはいなかった。

徳川夢声は「もし談判決裂したら」と考えた。

「決裂をキッカケに、サイパン、硫黄島、沖縄島、機動部隊などの大小

5　集英社＝〈昭和戦争文学全集1〉下村海南「終戦秘史」

6　新聞月鑑社＝外務省編「終戦史録」

飛行機が空を暗くして来り、爆弾、焼夷弾、機銃弾などの豪雨を降らせようというのであろう。無論、例の原子爆弾は帝都上空にも、まだ焼かれずにいる全国都市にも、ピカリピカリと光り、無数の人間が赤むけとなって死ぬであろう。

どうも、已むを得ない。

結構で御座います、と言うより途はない」

しかし彼は、家族だけは急遽浅川の山奥へ逃すことにし、自分ひとり残って、レインコートを一着に及んだ。これで万一の際、原爆の熱線を防ごうというのであった。[7]

作家海野十三もうすうす情勢を感じ取った。

「とにかく遂にその日が来た。しかも突然やって来た。どうするか、わが家族をどうするか、それが私の非常な重荷である。

女房にもその話（みなで死ぬこと）をすこしばかりする。『いやあねえ』とくりかえしていたが、『敵兵が上陸するのなら、死んだ方がましだ』と決意を示した。それならばよし、ただ子供はどうするか？

青酸加里の話まで子供がいう。私はすこし気持がかるくなったり、胸

---

7 中央公論社＝「夢声戦争日記」

が急にいたみ出したのである。暢彦は学校で最近『七生報国』という言葉を教わって来たので、しきりにそれを口にする。私も『七生報国』と書いて、玄関の上にかかげた」[8]

広島逓信病院では、不可解な症例が現われ出していた。無傷で健康そうに思えた者が、わずか二、三日の患いで死んでゆく。病人を看護していた者が、病人より先に死んでゆく。

蜂谷道彦博士のところに、知り合いの岩国の兵学校の藤原一郎大尉が見舞いにやって来た。彼はこれまでいかに戦況を聞いても笑いで片づける男であったが、この日は、「先生、助かってよかったなあ。ひどくやられたなあ、それでも助かりゃええが」と岡山弁丸出しでいったあと、「まさか原子爆弾が出来とろうとは思わなんだな」

と、いった。

「なに、原子爆弾？」蜂谷博士は思わず大きな声でどなって飛びあがった。「原子爆弾というのは、十グラムも水素があればサイパン島が二つに割れて無くなるというやつじゃろう、あれか」

8　講談社＝「海野十三敗戦日記」

藤原大尉が帰ったあと、博士は何度も原子爆弾と呟いて唸った。その第一号の犠牲《いけにえ》となった広島では一週間になってなお正体を知る者はほとんどなかったのである。[9]

日本降伏の秘電を入手した山形新聞社の記者北楯良弥は、この夕方ひそかに鶴岡市高畑町に隠栖《いんせい》中の石原莞爾将軍を訪れた。石原は畑で野菜の手入れをしていたが、北楯を見ると、「や、とうとう駄目だったね」といったきり、あとは何もいわなかった。すでに知らせた者があったのである。

「まあ、上れ」座敷に戻ると、いつも元気のいい声で高笑いする石原が、この日ばかりはお通夜のように悲痛な表情をしていた。彼は北楯の、これから日本やアジアはどうなるのか、という問いにぽつりぽつりと答えたのち、ふと、明日は阿南へ使いを出すつもりだ、といってから、つぶやいた。

「あれはいいやつだ。きっと死ぬだろう。わしの使いも間に合わんかも知れん」[10]

9　朝日新聞社＝蜂谷道彦「ヒロシマ日記」

10　世界社＝北楯良弥「石原莞爾」

阿南らの頑張りに、閣議は逆睹《げきと》しがたいものになった。夕刻には、ついに鈴木首相までが「これでは戦争を継続するのもやむを得ない」と言い、東郷外相は憤然として辞意を表明するのやむなきに至った。

万策尽きた東郷は、しかし最後の気力をふるい起して、午後六時半、木戸内府を訪ねた。木戸は驚いて、鈴木首相の説得を約した。

八時に、阿南は三笠宮を、三笠宮邸の防空壕に訪ね、これは逆に戦争続行への助力を請うためであったが、しばらくして帰るとき、車の中で阿南は三笠宮が、陸軍は満州事変以来天皇の意志にそむいてばかりいると責めたことを洩らし、「宮様もあれほど仰せられなくてもよいのに」と歎息した。

九時半、木戸内府は鈴木首相を招き、受諾は陛下の思召《おぼしめ》しであると説き、「それによって万一国内に動乱が起きればわれわれが生命を抛《なげう》てばよいではありませんか」と言った。

鈴木は力強く、

「やりましょう」

と、答えた。

すぐに木戸はその旨東郷外相に伝えた。[11]

当時新京放送局に勤めていた森繁久弥はいう。

「何が一番悲しかったかといえば、ソ連の攻撃が始まった直後でしたが、包丁を出せといわれたことでした。包丁を竹の先にしばりつけて、それでソ連軍と渡り合うんだ、というんですよ。精鋭だと信じ込んでいた関東軍がね」

杏子夫人がいう。

「あの八月の乾いた道を、砂ぼこりをたてて関東軍のトラックが新京を逃げてゆく風景なんか、もう言葉でいい現わせない気持で見送ったものですわ。はじめ軍人家族も目立たぬようにヒソヒソ出て行ったのでわたしたちはまるっきり気がつかなかったのですが、せっぱつまって来たのか、十二、三日になるとトラックに家財道具を積んでどんどん出て行くんです。——十二日だったかしら、わたしたちと同じ電電の社宅に住んでいた家族が心中したんです。第三放送（英語ロシア語）の仕事をしていた技術屋さんで、どっちも家族が六人か七人の子沢山でしたが、御主

11　新聞月鑑社〟外務省編「終戦史録」、東京裁判刊行会「東京裁判木戸証言」

人同士が相談したらしく、家族をみんな殺して、最後に御主人同士が刺し違えたが、そのうちの一人が死に切れず、日本刀をさげて次の日まで町を歩いて、とうとう気が狂って割腹したんです」[12]

山田乙三関東軍司令官は、十二日のうちに飛行機で新京から朝鮮国境に近い通化に飛び去っていた。

「新京では、俄《にわか》召集を受けた邦人市民兵たちが、兵隊からどなられながら、市街戦に備えて、主要道路に対戦車壕を掘り、バリケードを築いていた。

軍に見捨てられた下級職員や一般邦人の家族たちが、大きな荷物を背負い、また両手にぶら下げ、炎暑の中を新京駅へ殺到してゆく。しかし新京駅には移動する軍のためにほとんど列車はなく、もうすでに裏町では暴民の掠奪《りゃくだつ》が始まっているとかで、高い金で荷車を買い、その荷車に家財道具と人間が鈴なりになって南へ避難してゆく」

と、満州国皇帝の弟溥傑《ふけつ》の王妃愛新覚羅浩《ひろ》は書く。

「宮廷列車を待つための集合地新京神社へ出かけたとき、境内に入った途端目を射たのは、白装束姿の小、中学生の群であった。日の丸の鉢巻

12　読売新聞社「昭和史の天皇」

をきりりと締め、竹槍を手に神前に額《ぬか》ずくいじらしい姿、明日はソ連兵と戦うのだと武運長久を祈りに来た少年たちなのだ。神前では巫女《みこ》たちが体を浄め、薄化粧をして、日本刀を研《と》いでいた。ソ連兵が入る前に一同自決して神社に火を放つのだということであった。

『普段あれほど百万の関東軍あり安んぜよ、といい供出だの徴用だのに協力させておきながらこのザマはなんだ!』

『武器もない市民や罪もない女子供を捨てて自分たちだけ逃げる気か。それでも軍人か』

群衆の怒声、絶叫、髪をふり乱して泣き叫ぶ母親」

豪雨はふりしきっていた。その雨の中で、満軍の兵隊が駅前に壕を掘りつづけていた。彼らは笑いながらいった。

「これは私たちの墓穴《はかあな》でさあ」

これらの姿を見まい、声を聞くまいと眼をとじ、耳をふさぎながら、約二百名の宮廷職員と家族は新京駅に集まった。駅は逃れようとする邦人婦女子の生地獄であった。もう二日もここに待っているのです、せめて子供だけ、便所でもいいから乗せて下さい、と身も世もない形相で拝み、しがみつく女たちを、憲兵はどなりつけ、突き落した。[13]

ハルピン郊外の細菌部隊七三一部隊本部は火の海であった。工兵隊が次々と爆破しているのだ。その轟音と閃光が、約千五百名の七三一部隊の隊員と、その家族たちを照らし出した。下士官たちは倉庫にあった何百箱というビール箱から手当り次第にビールを出して飲んでいた。

午後九時、食堂前に集合した全員の視線の中で、総指揮官石井中将が壇上に立った。五十四歳の、カイゼル髭《ひげ》をはやした中将の顔は、炎のために真っ赤だった。その頬に涙が幾筋もひいていた。

「諸官、諸氏。……むかし、むかし、ここに石井部隊があったのだ」

石井中将はそういっただけで絶句し、そのあと訓示はついになかった。[14]

深夜十二時、物悲しい汽笛とともに宮廷列車は阿鼻叫喚の新京駅を出ていった。

同日、モスクワには、スターリンの招待でアイゼンハウァー元帥が訪れた。最初に逢ったのは赤軍参謀総長アントノフ将軍だった。彼はアイゼンハウァーを作戦室につれていって、二、三日前からいよいよ開始さ

13　文藝春秋新社＝愛新覚羅浩「流転の王妃」

14　〈文藝春秋昭和四十年六月号〉＝森田広「帝銀事件と細菌部隊」

れている対日作戦について詳しく説明した。満州方面では、すべてがソ連の計画通りにいっていた。アントノフは、じきに勝てると自信満々としていった。[15]

この日ソ連軍は南樺太への上陸作戦を開始した。

たとえ一千万の日本人を殺したとて

八月十三日（月）

愛新覚羅浩らをのせて、深夜新京駅を発車した満州国宮廷列車は、午前零時ごろ貨物駅の東新京駅に着いた。ここで待ち受けていた皇帝溥儀と皇后らがこっそりと乗り込んだ。

皇帝お付武官の吉岡安道中将によると、通化落ちを勧められたとき溥儀皇帝は、

「わたしは日本へゆきたい。まっすぐに日本の皇太后陛下のところへゆきたい」

15　朝日新聞社＝アイゼンハウアー「ヨーロッパ十字軍」

といったといわれる。[1]

溥儀は書く。

「十二日の夜の九時過ぎ、吉岡が来た。このときには弟、妹、妹の夫、それに甥《おい》たちはもう駅へいってしまい、家の中には私と二人の妻が残っていただけだった。吉岡は、私と随行の侍従たちに命令口調でいった。『歩く場合だろうと車の乗り降りのときだろうと、橋本虎之助が捧持する〝神器〟が先です。だれであろうと、〝神器〟の前を通り過ぎるときは、九十度の最敬礼をしなければいけません』

私はうやうやしく立ち上って、祭祀《さいし》長橋本虎之助が〝神器〟を入れた袱紗《ふくさ》を捧げて一台目の自動車に乗るのを見てから、二台目に乗った。車は帝宮を走り出た。私がふり返って見ると、建国神社の空に炎があがっていた」[2]

雨は烈しくふりしきり、ときどき雷鳴もとどろき、まさしく皇帝の都落ちにふさわしい夜であった。

十一日に、関東軍軍司令部とともに新京を逃げ出した関東軍嘱託の嘉村満雄は記す。

1　読売新聞社＝「昭和史の天皇」

2　筑摩書房＝愛新覚羅溥儀「わが半生」

「(十三日)朝の八時頃やっと目的地の通化駅に着き、休むひまなくすぐそこで荷卸しが始まった。軍属たちは上衣を脱ぎ捨てて、そこの貨物置場に、卸した荷物を次々に積みあげていったが、その荷物を見て驚いたことは、その中に山田軍司令官の荷物が十七個、秦総軍参謀長の荷物が二十一個も混じっていたことだ[3]」

連合国側のよろこびは糠《ぬか》よろこびに過ぎなかった。アメリカが日本に対して巧妙と自讃した回答を送ってからすでにまる一昼夜近く経過し、しかもそれに対する日本の再回答はなかった。こんどは焦燥するのがアメリカ側であった。

十三日の午前一時、第三機動部隊のハルゼー提督に対し、一時日本に対する空襲を見合わせ警戒態勢のみで東京湾へ向うようにという指令が出たが、すぐにこれは取消された。ハルゼーは「攻撃は予定通り続行せよ」と命じ、空襲部隊は東京へ向った[4]。

午前二時に、徳川夢声は起きて大下宇陀児の探偵小説を読んでいた。

3 大学書房=嘉村満雄「満州国壊滅私記」

4 毎日新聞社=〈太平洋戦争秘史・中〉ウイリアム・ハルゼー「ハルゼー提督物語」

「なんと静かな夜、警報も鳴らず、爆音も聞えず、愈〻《いよいよ》日本の降伏と定ったらしい。

何か読んでいないと、いろいろ考え込むに違いない。一人でこの深夜、日本の終末を考えるのは恐ろしい」[5]

夜の明けないうちから、阿南の「死闘」が再開された。午前四時前、彼は秘書官林三郎大佐を呼んだ。林大佐がいって見ると阿南は軍服姿で夜明前の芝生の上に立ち、何やらひとり考え込んでいたが、

「陛下に御翻意していただくために、広島から畑元帥を呼んで、陸軍の総意を上奏してもらうようにしてくれ」

と、命じた。阿南は、原爆生残りの畑元帥に原爆恐るるに足らずという証人になってもらいたかったのだ。天皇は原爆恐怖症にかかっているというのが陸軍の見方であった。[6]

夢声は六時半に眼をさまし、どこかのラジオのブザーを聴いた。

「……既ニ東部軍管区ニ侵入セル敵ハ八百八十機ニシテF6並ビニF40ナリ。……」

彼は狼狽した。おやおや停戦協定は成立しなかったのか。決裂？　そ

5　中央公論社＝「夢声戦争日記」

6　新聞月鑑社＝外務省編「終戦史録」

れとも成立前の示威？　それとも八百長？

朝になって第四波が九十九里浜から入り、第三波と交替中であることを聴いた。相模湾からも侵入しつつあることを、アナウンサーは気のぬけたような声で伝えていた。いうまでもなく攻撃再開に踏み切ったハルゼー機動部隊であった。

夢声は雑炊を食いながら、朝日新聞を読んだ。ソ連はけしからぬという記事もなければ、必勝の文字も見えなかった。社説には「綜合配給制を急げ」という論文が載っていた。[7]

巣鴨の東京拘置所に昭和十六年の五月以来、収容されていた共産党員神山茂夫は八月一日に懲役十五年の求刑論告を受けていたが、この朝裁判長に呼び出された。裁判長は神山に、ソ連の対日宣戦布告を語り、困惑した、悲しそうな眼をして、

「日本はどうしたらいいんだろう？」

と、聞いた。

神山は、ソ同盟の参戦は反ファッショ的正義戦であり、日本人民の平

7　中央公論社＝「夢声戦争日記」

和のための大きな寄与であるから、即時無条件降伏すべきだと滔々《とうとう》と述べ、

「裁判長、すぐに天皇のところへいって、即時無条件降伏をしろと言って来い」

と怒鳴った。うなだれていた裁判長と三人の判事と一人の検事は顔をあげ、しかし裁判長は神山の顔を見ることなく、

「今日はこれで。……」

といって、起立した。[8]

九時から午後三時にかけて首相官邸の地下壕で最高戦争指導会議が開かれた。鈴木、東郷、米内の和平派、対、阿南、豊田、梅津の強硬派の対立は依然として前日と同じであった。強硬派の言い分は、敵の回答では天皇制護持の点に疑いがあるから再照会せよというにあり、東郷らの返答は、それはこの期《ご》に及んで無益であるのみならず有害であるというにあった。

この間、東条から鈴木に面会を申し込んで来たが拒否された。

8　中央公論社〈実録太平洋戦争1〉神山茂夫「獄中太平洋戦争」

また近衛も湯河原から上京しようとしていたが、途中三度機銃掃射を受けてそのたびに退避を繰返していた。

夢声は十二時四十五分現在で、関東各地に敵機が乱舞中である旨を記して、書いている。

「相変らず敵が勝手に動き、それを放送は事務的に報告するのみだ。注意の言葉もなく、激励の文句もなく、戦闘模様の報告もないのである。味方機は一機も飛んでいないのではあるまいか」

しかし日本機は飛ぶことは飛んでいた。厚木航空隊の森岡大尉は、「木更津沖ニテ敵飛行艇、グラマン搭乗員救助ノタメ着水中」との報告に、十二機を以て木更津沖に向い、そこですでに不時着搭乗員を収容したらしい白い双発飛行艇——コンソリデーテッドPBZYが海面を這うようにして飛んでいるのを発見した。森岡機らはこの不敵な敵機を追い浦賀水道で撃墜した。[9]

最高戦争指導会議がまたもついに結論を得ず終った午後三時、夢声は書いている。

「専ら敵の行動を親切に報告するばかりで、甚だヘンテコなものである。

9　今日の話題社=〈太平洋ドキュメンタリー〉森岡寛「厚木零戦隊戦記」

近所の女房連も問題にせず昼寝でもしているらしい」

午後四時から七時半までこんどは閣議が開かれた。閣僚の大半は再照会することなく敵の回答に対し受諾賛成の色が深かったが、なお阿南は頑として自分の主張を崩さなかった。ただし、この閣議で「陸相は時々思い惑う態《てい》が見えた」と東郷も注目して書いてはいる。[10]

迫水書記官長は記す。

「この閣議の最中、特筆すべきことが二つあった。

閣議がはじまると間もなく、阿南陸相は私を促して隣室の電話で陸軍省軍務局長を呼び出して、次のようなことをいわれた。

『閣議は逐次君たちの意見を了解する方向に向いつつあるから、私が帰るまで動かずにじっとしていて欲しい。ここに書記官長がいるから、望むなら閣議の様子をきいてもらいたい』

私はびっくりした。閣議の状況は陸軍大臣の孤軍奮闘の形であったからだ。阿南陸相は私に目くばせした。私はその心を知り、しかるべく口裏を合わせようと決心していると、先方はそれには及ばぬといったと見

10　改造社＝東郷茂徳「時代の一面」

えて、陸相は電話を切られた」

それはまた陸軍にクーデターの妖雲が濃化しつつあることを物語る徴候でもあった。

「そのことがあって間もなく、私は秘書官から呼ばれて閣議室を出た。廊下に若い朝日新聞の記者の柴田敏夫君が立っている。彼は一枚の紙片を私に示してこれを御承知かという。

『大本営午後四時発表。皇軍は新たに勅命を拝し、米英ソ支四カ国軍に対し、作戦を開始せり』

柴田君の話では、この発表はすでに新聞社及び放送局に配布され、午後四時にはラジオで放送される予定であるという。私は驚いて閣議室に引き返し阿南陸相に聞いて見ると、まったく知らないといわれる」

迫水は、内閣綜合計画局長官池田純久中将に頼み、梅津参謀総長の手をかりて、四時数分前にこの発表を取り消すことが出来た。もしこの発表が全世界に放送されたとなるとどういうことになったたか、「まったく間一髪であった」と迫水は戦慄して言う。[11]

閣議は膠着《こうちゃく》したまま、ひとまず七時半に散会するのやむなきに至った。

11　恒文社＝迫水久常「機関銃下の首相官邸」

内田百閒はラジオが故障して聞えないので気をもんでいた。

「なぜそれ程気を遣うかと云うに、今はただの空襲ではなく、B29が這入って来ると、いつ原子爆弾を落とすかも知れないという格別の心配あり。そう云う際にラジオが聞かれないと、なお一層の不安を感ずる。

そのB29が行ってしまってからも、まだ艦上機の攻撃は続いた。加え、五時半頃には敵の潜水艦が伊豆の下田を攻撃していると放送した。まだ明かるい近海の水面に浮かび上がってそんな真似をしても、どうする事も出来ないのであろうか。自烈《じれつ》たき限りなり」[12]

夢声も戦争終結について疑いを持ち出して、いささかやけっぱちになっていた。

「十九時の報道を聴くと今日は関東地方に延八百機来ている。十数機撃墜しているのである。はてな、どうも分らない。

この報道の終りに原子爆弾のことを言い、〃もし国体の護持が出来なければ一億死に絶ゆるも悔ゆるところではない〃と結んでいた。どうも交渉行き悩みであるらしい。

12　三笠書房＝内田百閒「鬼園の琴」

一億死に絶ゆる！
これもまた結構である！」[13]

志賀直哉もこの前日、谷川徹三と後藤隆之助からいよいよ終戦に決ったことを知らされていた。

「ところが其晩、空襲があり、翌十三日は頭の上を低く、敵の艦上機が飛廻るので、後藤君の所へ訊きに行くと、前日とは話が全く引繰返ったとのこと。何の事か、全く分らなくなった。引繰返した者に対する怒りが燃えた。原子爆弾に対し、私が腹を立てているのを近所の友達から、『原子爆弾に腹を立てるのはかまいませんが、当面の敵（本土決戦論者）を見失っては困りますよ』と注意されたが、今はその『当面の敵』に対する怒りは原子爆弾以上になった」[14]

この日、津山に疎開していた谷崎潤一郎のもとへ永井荷風が訪れた。

「午後一時過頃荷風先生見ゆ。カバンと風呂敷包とを振分にして担ぎ外に予が先日送りたる籠を提《さ》げ、醬油色の手拭を持ち背広にカラなしのワイシャツを着、赤皮の半靴を穿《は》きたり。焼け出されてこれが全財産なりとの事なり。然れども思った程窶《やつ》れても居られず、中々元気なり。旅館

13　中央公論社＝『夢声戦争日記』

14　岩波書店＝〈志賀直哉全集〉「シンガポール陥落」

にて夜食の後又来訪され二階にて渡辺氏も共に夜更くるまで話す。荷風氏小説原稿ひとりごと一巻踊子上下二巻来訪者上下二巻を出して予に托す」[15]

奄美群島加計呂麻島には、海軍特攻の震洋隊が訓練待機していた。爆装したベニア製のボートで、アメリカ軍が「自殺艇」と呼んだものであった。八月十三日の夕刻、出撃命令が下った。

真夜中、加計呂麻島の部落の若い小学校教師ミホのところへ水兵が駈けつけて、泣きながら「隊長がゆかれます」といった。ミホは第十八震洋隊長島尾敏雄の恋人であった。

ミホは水兵に走り書きの手紙を託した。

「お目にかからせて下さい。お目にかからせて下さい。何とかしてお目にかからせて下さい。決して取り乱したりいたしません。ミホ」

先に水兵を走らせて、ミホは喪服を着て、刀を抱いて、山を裸足《はだし》で、時には海を泳ぎながら基地へ駈けていった。刀は、艇が海へ出てゆくのが見えたら、岬に坐って、のどをついて、海に落ちて死ぬためのものであった。

15　中央公論社＝〈谷崎潤一郎全集〉「疎開日記」

ミホは岬で袂《たもと》に石をいれて、鞘《さや》を払った刀身を抱いて、恋人の死の出撃を待っていた。[16]

閣議を終えて、陸軍省に帰って来た阿南をクーデターの妖雲が待ち受けていた。

陸軍省軍務課の「機密戦争日誌」にいう。

「夜、竹下は稲葉、荒尾大佐と共にクーデターに関し大臣に説明せんと企図しありし所、二〇時〇〇分頃閣議より帰邸せる大臣より召致せられ、椎崎、畑中と同行官邸を訪い、相ついで来りし荒尾、稲葉、井田と共に、たとい逆臣となりても永遠に国体護持の為、断乎明日午前(初めの計画は今夜十二時なりしも、大臣の帰邸遅き為、不可能となる)之を決行せんことを具申する所あり。

大臣は容易に同ずる色なかりしも、『西郷南洲の心境がよく分る』『自分の命は大君に差しあげる』等の言あり。時々瞑目、これを久しゅうせらる」

阿南は将校たちからクーデター承認を迫られ、沈思苦悶、ついに「一

---

16 学芸書林＝〈私の昭和史証言〉「特攻隊発動」

時間ばかり考えさせてくれ。自分の決心したところを荒尾大佐にいう」といって彼らを去らしめた。午後十時半過ぎのことであった。

陸軍省から将校たちが去ったあと、竹下中佐だけ一人残って、阿南にクーデターに対して賛否の真意を聞いた。阿南は「ああ人が多くてはほんとうのところを口にするわけにはゆかない」と先刻の談合のことをいい、竹下中佐は、これを大臣はクーデターに同意だと解釈した。[17]

同時刻、東郷の「死闘」もつづいていた。阿南を説伏出来ずいったん外務省に帰った東郷は、松本次官に、「ナニ、頑張るヨ」といって首相官邸にまた赴いた。

梅津参謀総長と豊田軍令部総長が待ち受けていて、九時過ぎから十一時にかけて必死に外相の翻意を要請した。東郷は冷然とはね返した。

迫水は記す。

「私は時々部屋に入っていったが、東郷外相が鹿児島なまりの特徴のある発音で、簡単に、そういうことは出来ません、と断り、両総長はとりつくシマがないといった形であったのを印象深く覚えている」

17　原書房＝「敗戦の記録」

十二時近く、そこへ大西軍令部次長もおしかけて来て、東郷にいった。

「これから二千万人の日本の男を特攻で殺す覚悟をすればこの戦争に負けはしませんぞ」

「勝つことがたしかなら、そもそもポツダム宣言を受諾するかしないかなど論議することはないのです。ただそれで勝てるかどうかが問題なのです」

東郷はつき放して席を立った。

あとで大西は迫水の手をとって慟哭した。

「私はいままで真剣に戦争に勝つために努力したつもりであったが、この最後の段階で考えて見ると、まだ真剣味が足りなかったと思う。いまの真剣さで考えていたら、この戦争に勝っていたと思うし、またこれからも勝てると思う」

そして彼はいった。

「それにしても迫水君、何とか戦争をつづけるいい考えはないか？」[18]

東郷は外務省に帰って、海外からのこの一両日の反響を知り、ますます事態の切迫していることを知った上で帰宅の途についたが、その車の

18 恒文社＝迫水久常「機関銃下の首相官邸」

中でつぶやいた。

「たとえ二千万の日本人を殺したところで、それは砲火と機械の餌食となるに過ぎない。頑張り甲斐があるならばどんな苦難も忍んでさしつかえないが、竹槍や弓ではしかたがない。軍人が近代戦とはいかなるものか知っていないのは、どういうことか。もう一日も遅延を許されない。明日は結着をつけなければならぬ」[19]

同じ深夜、一方で迫水書記官長は首相官邸に、ひそかに漢学の泰斗川田瑞穂と安岡正篤を招き、作製した終戦の詔勅の草案の添削を求めた。草案の「永遠の平和を確保せんとす」という文章を、「万世のために太平を開かんと欲す」と改めさせたのは安岡正篤であった。[20]

八月十四日（火）

東条、夜歩く

午前零時過ぎ、阿南はふたたび荒尾大佐に会って、「クーデターをや

19　改造社＝東郷茂徳「時代の一面」

20　恒文社＝迫水久常「機関銃下の首相官邸」

っても国民の協力が得られなければ、本土作戦は至難なものになると思う」といった。しかし語調は断乎たる拒否ではなく、荒尾が去ったあと秘書官の林三郎大佐に、「荒尾は果して私の真意を了解しただろうか」と不安げに聞いたほどであった。阿南の真意はどうやらクーデターに反対のつもりらしかった。[1]

将校たちは参謀本部に帰り、また協議し、クーデターは友軍相撃の惨を防ぐため断じて大臣、総長、東部軍司令官、近衛師団長四者の合意を得ること、蹶起《けっき》は十四日午前十時とすること、などを決めた。[2]

東京の空が白みかけたころ、上空高く一機のB29が鈍い爆音をたてながら市の中心部に向って飛んで来た。何かを投下しているらしく、尾部から尾を引いていた。この投下物は途中で一つ一つ爆発し、ひらひらと舞うビラの雲となって地上に降って来た。その内容は、ワシントンの陸軍情報部で大急ぎで起草され、日本文に訳されてサイパンまで電送されたものであった。[3]

「私共は本日皆様に爆弾を投下するために来たのではありません。お国

1　新聞月鑑社＝外務省編「終戦史録」

2　原書房＝「敗戦の記録」

3　毎日新聞社＝ジョン・トーランド「大日本帝国の興亡」

の政府が申し込んだ降伏条件を、アメリカ、イギリス、支那並びにソビエト連邦を代表してアメリカ政府が送りました回答を皆様にお知らせするために、このビラを投下します。戦争を直ちにやめるか否かは、かかってお国の政府にあります。皆様は次の二通の公式通告をお読みになれば、どうすれば戦争をやめる事が出来るかがお判りになります」（原文のまま）

そして次に「八月九日日本政府より連合国政府への通告」と「米国国務長官より日本政府へ伝達したメッセージの全文」が書かれていた。

降伏交渉のことは、一般国民にはなお秘密であった。早朝ベッドの中でこのビラを見せられた木戸内府は驚愕して、こういうものを津々浦々までまかれて陸海軍の将兵が立上ったら、もはや万事休す、と考え、すぐに拝謁を申し出た。[4]

一方、鈴木首相も、「もはや事態は一刻も遅延を許されない」と覚悟をきめて朝参内した。

午前七時、阿南は荒尾大佐とともに梅津参謀総長を訪ね、クーデターに対する意見を聞いた。梅津は賛成しなかった。ここにおいて陸軍総意

4　東京大学出版会「木戸幸一関係文書」

による計画の第一角は崩れた。[5]

八時半に、宮中で鈴木は木戸と会い、午前中にも御前会議を開いて最後の聖断を仰ぐべく意見が一致した。

陸軍の抗戦派は、午前中に開かれるのは閣議だけであって、そういうことになろうとは予想もしていなかった。このことは、結果的に彼らの計画を事前に封ずることになった。下村海南は書く。

「思えば十四日の御前会議のくりあげは、無血終戦の大きなヒットであった」[6]

午前十時三十分、大本営は発表した。これで開戦以来八四六回目、最後の大本営発表であった。

「我航空部隊は八月十三日午後鹿島灘東方二十五浬に於て航空母艦四隻を基幹とする敵機動部隊の一群を捕捉攻撃し、航空母艦巡洋艦一隻を大破炎上せしめたり」

その敵の機動部隊からはこの日も数百機が発進して、すでに関東地方の空を威嚇的に乱舞していた。そしてまたマリアナ基地からも、米陸軍航空隊司令官カール・スパッツ将軍の「できるだけ大がかりなフィナー

5　原書房＝「敗戦の記録」

6　集英社＝〈昭和戦争文学全集1〉下村海南「終戦秘史」

レをやれ」という命令の下に八百二十一機のB29が飛び立っていた。

各閣僚は、午前十時開会予定の閣議に出席すべく首相官邸に参集していた。そのとき阿南は、鈴木首相にシガー一箱をさし出し、「これは到来物ですが、どうぞ吸って下さい」といった。のちに鈴木はいう。「阿南はすでに心中期するところがあり、これはかたみわけのつもりであったと思われる」[7]

そこに宮中から、至急服装もそのままで参内すべき旨の通知があった。豊田軍需相などは開襟シャツのままであったが、あまりに畏《おそれ》多いとして官邸職員のネクタイを借用して、それを締めて参内したほどであった。[8]

御前会議は、十一時、九日と同じ宮中防空壕内の一室で開かれた。参列する者は、最高戦争指導会議の六構成員、四幹事、全閣僚、平沼枢密院議長ら合計二十三名で、玉座に面して三列に椅子だけを重ねて並んでいた。

鈴木首相は、その後の経過を述べ、いまだ閣議で全員一致を見るに至らないので、改めて反対の意見ある者から親しくお聴きとり願い、重ね

7　時事通信社＝「鈴木貫太郎自伝」

8　恒文社＝迫水久常「機関銃下の首相官邸」

て御聖断を仰ぎたい旨を言上した。そして阿南陸相、梅津、豊田両参謀長は声涙ともに下りつつ、このまま終戦しては国体の護持に不安あり、この際死中に活を求めるために戦争を継続するほかはないという意見を述べた。

天皇はうなずいてこれを聴いたのち、

「外に意見がなければ、私の意見を述べる」

といい、前回の御前会議と同じく、純白の手袋をはめた指で頬をぬぐいつつ、とぎれとぎれに、しぼり出すようにいった。

「自分の決意に変りはない。内外の情勢、敵味方の戦力から判断した結果であって、決して軽はずみに決心したものではない。国体については、敵も認めているものと思う。敵の占領については一抹の不安がないでもないが、しかし戦争をこのまま継続すれば国体はおろか国家も消滅し、元も子もなくなる。いま戦争をやめれば、ともかく将来のもとは残る。武装解除は堪えがたいが、国家と国民のためには、明治大帝が三国干渉のときにおいてなされたように、同じ気持で堪えねばならぬ。どうかみな賛成してくれ。自分みずから国民にラジオで放送してもよろしい。速かに詔書を出してこの心持を国民に伝えよ」

一同は声をあげて泣いた。中には椅子からすべり落ち、床にひれ伏して慟哭する者もあった。

御前会議は正午に終った。一同は号泣しながら、最敬礼して、退席する天皇を見送った。[9]

閣僚たちは万感を胸にこめ、打揃って首相官邸に帰り、黒いパンと鯨肉だけの昼食をとったが、食欲に異常のないのは鈴木首相だけであった。[10]

昼食後、阿南は便所で小便しながら、隣りの林秘書官に、

「東京湾の近くに来ている敵の上陸戦団に一大打撃を与えてから和平に入るという案はどうだろう」

と、憑《つ》かれたような表情で聞いた。林大佐はびっくりして、「御聖断が下ったのではありませんか」と聞き直した。[11]

東京湾近くに敵の上陸船団が来ているというのは誤報であったが、阿南はまだ阿修羅の妄想から完全に醒め切ってはいなかったのである。聖断に服しておのれは死ぬか、西郷のごとく部下の蹶起に殉ずるか、七分三分というところであったろう。

9　原書房＝「敗戦の記録」、集英社＝〈昭和戦争文学全集1〉下村海南「終戦秘史」、恒文社＝迫水久常「機関銃下の首相官邸」

10　文藝春秋新社＝大宅壮一編「日本のいちばん長い日」

11　原書房＝「敗戦の記録」

クーデター派の将校たちは、午前中御前会議が開かれていることを知らなかった。彼らは閣議だけが開かれているものと思い、阿南の抵抗を期待し、この間もクーデターの計画を進めていた。それは近衛師団をもって宮城を占拠し、東部軍をもって所要地点に配置し、要人を捕え放送局を抑え、たとえ天皇の意向がどうあろうと、この態勢をもって御翻意を待つというものであった。

しかし、やがて彼らは御前会議のことを知った。首相官邸に駆けつけた竹下中佐は、阿南が沈痛の表情で再度の聖断が下ったと述べるのを聞いた。竹下は愕然となり、閣議室に硯箱《すずりばこ》が置いてあるのを見て、阿南にただちに辞表を書いて降伏の詔書に副署することを拒否するように哀願した。阿南はやや心動いた風であったが、すぐに、「そんなことをしても、あの御様子では、陸軍大臣の副署のないままでも、詔書を渙発《かんぱつ》されるだろう」

と、惨として語った。[12]

昼過ぎ、警視庁に隣接した内務省の建物の四階にある情報局記者室に、陸軍報道部の将校たちが入って来て、「大本営発表」を読みあげた。

12　原書房＝「敗戦の記録」

「大本営発表。

帝国陸海軍は茲《ここ》に畏くも国体を護持し皇土を防衛すべき大命を拝し挙軍一心敵連合軍に対し全面作戦を開始せり」

そして広石権三中佐は、これを「放送は午後三時三十分から、新聞は明十五日付朝刊第一版から流せ」と命じた。

記者たちは異様な眼で将校たちを見つめたままだった。彼らはすでに終戦のための御前会議が開かれたことを知っていたからだ。親泊朝省大佐は怒号し、北村一夫大尉は拳銃までつきつけたが、記者たちはついに彼らの命令に従わなかった。

これは抗戦派の軍人たちが、正式の手続きを踏まずに出そうとしたニセの大本営発表で、もしその意志通り流されていれば、これが最後の「大本営発表」になるところであった。[13]

一方、午後の閣議中に、池田純久綜合計画局長官に呼び出されてこの「大本営発表」を見せられた阿南は顔色を変え、「何やつの仕業だ」とさけんだ。陸相が関知しないことを知って、池田長官は至急新聞社に電話してこれをとり消すのに汗をかいた。[14]

13　〈文藝春秋　昭和三十五年九月号〉＝長田政次郎「無条件降伏一日前の記者クラブ」

14　集英社＝〈昭和戦争文学全集 1〉下村海南「終戦秘史」

志賀直哉の記録。

「午後、客と階下《した》の部屋で話していると、後藤隆之助君の息子が来た。玄関へ出て行くと、後藤君の息子は真剣な面持で、『親爺の使で参りました』という。直ぐ二階に案内した。『今日、御前会議で、無条件降伏と決ったそうです。多分、今晩、陛下の御放送があるという事です』というのを聞いた時には、実に何んとも云えない気持がした。

子供達は留守だったので、私は家内だけを呼び、客と二人にその事を云おうとするのだが、感動で口が利けなかった。途断《とぎ》れ、途断れに今聞いただけを云った。家内は声をあげて泣き、客も涙ぐんでいた」[15]

一方、谷崎潤一郎と永井荷風は、流離の先でわりに気楽な一日を過していた。谷崎は書く。

「朝荷風氏と街を散歩す。氏は出来得れば勝山へ移りたき様子なり。余は率直に、部屋と燃料とは確かにお引受けすべけれども食料の点責任負い難き旨を答う。今日は盆にて昼は強飯《こわめし》をたき豆腐の吸物にて荷風氏も

15　志賀直哉「鈴木貫太郎」

招く。夜酒二升入手す。依って夜も荷風氏を招きスキ焼を供す。本日大阪尼崎方面空襲にて新型爆弾を使いたりとの風説あり。今夜も九時半頃迄二階にて荷風先生と語る」[16]

　山中湖畔に疎開していた四十九歳の法政大学教授本多顕彰は、この午後農耕をしていると、村の常会長田中隆吉少将に呼びつけられた。田中は元陸軍兵務局長で、昭和十七年精神異常を来し、その後癒《なお》ってこの湖畔の別荘に住み、村人から「閣下」と呼ばれていた。のちに東京裁判でキーナン検事の証人となり、「東条にとっての裏切者」となったのはこの人物である。

　本多が破れた野良着に鍬をさげて別荘にゆくと、田中少将は門の中の涼み台に腰をかけ、二人の兵隊に冗談をいって笑わせていたが、本多を見ると、「本多君、ときに御前会議はどうなってるかね」と聞いた。

　本多はむろん御前会議が開かれていることなど知らなかったが、この時点における御前会議といえば終戦のための会議にちがいないと直感し、歓喜が胸にこみあげて来たが、それをおしかくして、「陛下は何をぐずぐずしているのでしょうね」と、わかっているような顔をしていった。

16　中央公論社＝〈谷崎潤一郎全集〉「疎開日記」

「そうなんだ。陛下の優柔不断はこまるね」

と、少将がいった。

そのとき、一人の男が自転車で駈けつけて来て、「閣下、いよいよ重大段階に立ち到りました。明日、うちの先生の主催で、日比谷で国民総蹶起大会をひらきますから是非御上京御出席を願います」と、さけんだ。

「馬鹿な！」

と、田中は吐き出すようにいった。

男はめんくらったようにまばたきしていたが、黙って自転車でひき返していった。田中はいった。

「あれは徳富蘇峰の秘書だよ」[17]

フィリピンで俘虜となっていた大岡昇平は、星条旗紙に連合国側の焦燥を見た。十四日の「星条旗」は、ニミッツの艦載機が「日本の決意を促すために」各都市の爆撃を続けていることを報じていた。

大岡は考えた。

「私は憤慨してしまった。名目上の国体のために、満州で無意味に死なねばならぬ兵士と、本国で無意味に家を焼かれる同胞のために焦立《いらだ》った

17　光文社＝本多顕彰「指導者」

のは、私の生物学的感情であった。……俘虜の生物学的感情から推せば、八月十一日から十四日までの四日間に、無意味に死んだ人達の霊にかけても、天皇の存在は有害である」[18]

午後一時から開かれた閣議では、主として終戦の詔勅についての甲論《こうろん》乙駁《おつばく》が繰返された。

迫水が安岡正篤らと作りあげた原案はつっつきまわされ、例えば「戦局日ニ非ナリ」とあったのに対して阿南は抗議した。「しかし戦局は日に非ではないか」と米内は吐き出すようにいったが阿南は譲らず、両者は激烈に争論したが、結局米内が折れて「戦局必ズシモ好転セズ」と改められた。また「朕ハ爾《なんじ》臣民ノ赤誠ニ信倚《しんい》シ常ニ神器ヲ奉ジテ爾臣民ト共ニアリ」とあったのを、石黒農相が、わざわざここに神器などを持ち出すとアメリカの方で神器を何とかする呼び水にもなりかねないと危惧し、神器云々は削除された。

かくて詔書の成案が天皇のもとへ、鈴木首相によって奉呈されたのは午後八時半であった。天皇の手もとにさし出される書類はタイプで打つ

18　角川書店＝大岡昇平「俘虜記」

か墨で清書してあるのが普通なのに、このときの詔書は、赤インクで消したり、長々と挿入文が入っていたり、貼紙をしたり、見るからに汚らしいものであった。しかし天皇はこれでよいといい、すべて公布の手続きが完了したのは午後十一時であった。
同時に、外務省は連合国側に、正式にポツダム宣言受諾の通告電報を送った。[19]
午後五時過ぎ近衛は木戸を訪ねて、
「近衛師団が不穏だという噂を聞いたが、大丈夫か」
と、聞いたが、木戸は何の情報も聞いていなかった。八時半に木戸が鈴木首相と会ったときこのことを確かめたが、首相もまさかといっただけであった。[20]
麹町の内田百閒は、夜に入って大本営が書類を焼却するきな臭い煙を嗅《か》いだ。
「午後八時過ぎ、表に消防自動車の警笛の音がしていると思ったが、そ

19 恒文社＝迫水久常「機関銃下の首相官邸」、〈文藝春秋昭和四十年四月号〉＝入江相政「八月十五日の吹上御所」
20 東京大学出版会＝「木戸幸一日記」

の内屏《へい》の外にて火事だと云う声あり、家内が出て見て、市ヶ谷本村町のもとの士官学校跡の大本営のうしろの方に火の手が上がっていると云った。門まで出て見たら、大分大きな火の手である。土手の壕のお婆さんの倅《せがれ》さんは火事を見に行ったとの事であったが、間もなく帰って来て、大本営の中だと云った。中に火の手が見えているのに裏側の門は閉まっていて、駈けつけて来た消防車が、門の前でぶうぶう鳴らしても開けないし、門番もいるのだが案外平気な顔をしていたと云った。その話を聞いて、何か焼き捨てているのではないかと思われた」[21]

閣議のあと米内は、保科軍務局長から、天皇が、もし軍人に不服があるならばみずから大本営にいって説得してもよいといったのを聞いて、

「そこまで陛下にお願いをしなければならないようなら、私が大臣をしている甲斐がない。海軍は米内が抑える」

と、きっぱりといった。[22]

しかし、日本の降伏交渉を知った厚木航空隊司令官小園安名大佐は、十一日以来酷熱の中を継戦を叫んで奔走していたが、この日、突然烈し

21　三笠書房＝内田百閒「鬼園の琴」

22　文藝春秋＝高木惣吉「私観太平洋戦争」

い悪寒《おかん》に襲われた。ラバウル時代の悪性マラリアの再発によるものであった。午後九時ごろ、やっと平熱に戻った小園は、全海軍に向ける声明を書き出した。

「……来ルベキ停戦命令或ハ武装解除命令ハ天皇ヲ滅シ奉ル大逆無道ノ命令ナリ。必勝ノ信念ヲ失イカカル大逆ノ命令ヲ発スル中央当局及ビ上級司令部ハ、スデニ吾人ニ対スル命令権ヲ喪失セルモノト認ム。依ッテ自今如何ナル命令ト雖モ一切之ヲ拒否スルコトヲ声明ス。……」[23]

午後六時ごろ、国策研究会の矢次一夫の家を訪れた大西滝治郎は、共に酒を飲んで深更に至った。「戦争に負けたのはおれではないぞ」と大西はいった。そして眼玉をむいたまましばらく黙っていたが、「天皇が負けたのさ」といった。[24]

午後十一時過ぎ、閣僚退出後、迫水内閣書記官長は総理大臣室に入って、鈴木首相に対して、この旬日の苦労に対して挨拶した。鈴木は黙々として深く物想いにふけっている様子であった。

そのとき思いがけなく、ノックして、阿南が帯剣して、帽子を脇に抱

23　光人社＝相良俊輔「あゝ厚木航空隊」

24　経済往来社＝矢次一夫「昭和動乱私記」

えて入って来て、まっすぐに首相の前へ来て、ていねいにお辞儀してから、

「終戦の議が起りましてから、いろいろと申しあげましたが、総理には大変御迷惑をおかけいたしました。ここに謹んでおわび申しあげます。私の真意はただ一つ国体の護持にあったのでありまして、あえて他意はございません。この点どうぞ御了解下さいますように」

と、いった。阿南の頰には涙がひかっていた。鈴木首相は阿南のそばに歩み寄っていった。

「そのことはよくわかっております。陛下は御歴代にも稀な祭事に御熱心な方ですから、皇室には必ず神明の御加護がありましょう」

「私もそう信じます」

と、阿南は答え、一礼して出ていった。

迫水が玄関まで見送って帰って来ると、鈴木はいった。

「阿南君は暇乞《いとまご》いに来たのだね[25]」

それから自邸に帰った鈴木は、秘書である息子の一《はじめ》を呼んで、「今日は陛下から、二度までも、よくやってくれたね、よくやってくれたね、

25　恒文社＝迫水久常「機関銃下の首相官邸」

とのお言葉をいただいた」と語り、面を伏せてむせび泣いた。[26]

宮内省の奥、天皇の執務室にマイクが立てられ、隣室が録音室となった。午後十一時二十分、天皇はその前に立った。石渡宮相、藤田侍従長、下村情報局総裁らが侍立し、うやうやしく頭を下げるのを合図に、天皇は「終戦の詔勅」を朗読しはじめた。終ってから天皇は、少し声が低かったようだ、もう一度やろう、といい、二回目の録音をした。こんどは声が高かった。天皇は十一時五十分ごろ入御した。

このときすでにクーデターの将兵は動きはじめていたのである。[27]

この日の午後、東条は阿南に面会を申し込んでしばし協議した。あとで林秘書官が聞いたところ阿南は「戦争犯罪人の話が出た」といったが、それはそれとして東条は徹底抗戦を進言したものと思われる。それから東条がどこを廻ったか不明であるが、彼はついにこの夜、玉川線の終電車に乗りおくれ、深夜数里の道を、渋谷から用賀まで歩いて帰った。[28] おそらく「死」のことばかり思いつめながら。

そして彼は元秘書官の赤松貞雄に所感を書き出した。

26 時事通信社＝「鈴木貫太郎自伝」

27 集英社＝〈昭和戦争文学全集1〉下村海南「終戦秘史」

28 新聞月鑑社＝外務省編「終戦史録」、富士書苑＝〈秘録大東亜戦史〉平野素邦「法廷秘話」

「事茲《ここ》に至りたる道徳上の責任は、死を以て御詫び申し上ぐるの一点丈今も、余に残る。而して其の機会は今の瞬間に於ても、其の必要を見るやも知れず。決して不覚の動作はせざる決心なり。犯罪責任者として何れ捕えに来るべし。其の際は日本的なる方法に依りて応《こた》ゆるべし。陛下や重臣を敵側に売りたるとのそしりを受けざる如く、日本人として敵の法廷に立つ如きは、日本人として採らざる処其主旨にて行動すべし」[29]

日本海軍の最後にして最大の新兵器、潜水空母「イ－400号」「イ－401号」は、七月二日に七尾湾を出撃していた。六五六〇トン、連続行動日数一二〇日というシュノーケルの世界最大の潜水空母で、爆撃機青嵐を三機ずつ搭載し、敵機動部隊基地ウルシー環礁を奇襲攻撃するためであった。

有泉龍之助大佐を司令とする「イ－401号」は、予定通り、八月十四日日没三十分後、会合地点のポナペ島南方に浮上した。しかし僚艦「イ－400号」が現われず、焦燥しつつ空しく夜の怒濤の中に待ちつづけていた。[30]

29　中央公論社＝児島襄「東京裁判」

30　経済往来社＝田々宮英太郎「大東亜戦争始末記」

この日（アメリカ時間十三日）トルーマン大統領はマッカーサーに命令を発した。

「貴官は、米、英、中、ソの連合軍司令官に任命された。日本の降伏の瞬間から、天皇の国家統治の権限は貴官に属する。……」[31]

同日、中国とソ連は日本の未来の再侵略に備えて「中ソ友好同盟条約」に調印した。

最後の一日

八月十五日（水）

阿南の義弟竹下中佐は連日の不眠をいやすため、駿河台の渋井別館で前夜十一時ごろから眠っていたところ、午前零時ごろ畑中少佐がやって来て、いよいよこれから起つべき旨を述べ、「自分はこれから近衛師団にいって師団長を説得するつもりだから、あなたは陸相を説け」といっ

31　恒文社＝「トルーマン回顧録」

た。そして竹下を車に同乗させて大臣官邸に送りとどけ、自分は近衛師団司令部に向った。

「大本営機密終戦日誌」にいう。

「十五日一時半、竹下、大臣官邸着、案内ヲ乞イタル所、大臣ハ自室ニアリ。『何シニ来タカ』ト一寸咎《とが》メル如キ語調ナリシモ、ヤガテヨク来タトテ室ニ招ズ。室内ニハ床ヲノベ白キ蚊帳ヲ吊リアリ。ソノ中ニテ書キ物ヲセラレアリシ如ク感ズ。机上ニハ膳ヲ置キ、一酌始マラントシアリシ模様ナリ。

大臣ハ余（竹下）ニ対シ、本夜カネテノ覚悟ニ基キ自刃スル旨述ベラル。之ニ対シ余ハ覚悟尤《もっと》モニシテ其ノ時機モ本夜カ明夜クライノ所ト思ウニツキ敢テオ止メセズト述ベタル所、大臣ハ大イニ喜ビ、君ガ来タノデ妨ゲラルルカト思イシガ、ソレナライイ、カエツテヨイ処ニ来テクレタトテ盃ヲサシ頗《すこぶ》ル上機嫌トナリ、本夜ハ十分ニ飲ミカツ語ラントテ、ソレヨリ五時頃マデ語ル」

竹下は阿南の覚悟を知って、止めもしなかったが、蹶起のことも、予定時間の二時までは沈黙することを決意した。

今、何か書き物をしておられたようですが、という竹下の問いに、阿南はそれを見せた。

「大君の深き恵に浴《あ》みし身は
　言い遺すべき片言もなし」

という辞世と、

「一死以て大罪を謝し奉る。
昭和二十年八月十四日夜　陸軍大臣阿南惟幾」

と書いた遺書であった。そして阿南はまた墨をすって、遺書の余白に

「神州不滅ヲ確信シツツ」と書き加えた。

「もう暦の上では十五日だが、自決は十四日夜のつもりだ。十四日は父の命日でもあり、十五日の玉音放送を拝聴するに忍びないから、その前日に死んだということにしてもらいたい」

と、阿南はいい、

「もしバタバタしたら君が始末してくれ。しかし、その必要はないだろう」

といった。[1]

1　原書房＝「敗戦の記録」、〈文藝春秋臨時増刊　昭和二十七年八月〉＝涼風読本・竹下正彦「阿南大将の自刃」

畑中健二少佐は、椎崎二郎少佐、航空士官学校の上原大尉らとともに近衛師団司令部を訪れて、森赳《たけし》師団長にクーデターを強請した。森中将は聖断を盾に動かなかった。彼は叱咤《しった》した。

「近衛師団は私兵ではない。退れ」

上原大尉は抜刀した。畑元帥に随行して上京し、たまたま師団長室にいた西部軍の白石中佐参謀が森師団長をかばおうとして、二太刀斬られて崩れ伏した。同時に畑中少佐の拳銃も火をふいて、森師団長の左胸部に撃ち込まれ、つづいて上原大尉の太刀はその左肩に斬り込まれた。森中将は白石中佐に折り重なって倒れた。

畑中少佐らに同調する近衛師団参謀古賀秀正少佐は、ただちに森師団長に代り近衛連隊出動の偽命令を発した。[2]

天皇の録音をすませた下村情報局総裁、日本放送協会の役員らは、爾後の処置をおえて車で坂下門まで退出したが、ここで闇の中から現われた多数の近衛兵にとめられ、車は廻れ右を命じられ、二重橋のそばの衛兵所の五坪に足りぬ暑苦しい部屋に追い込まれ、監禁された。

偽命令で出動し、宮中に乱入した近衛兵らは、木戸内府、石渡宮相ら

2　中央公論社＝〈実録太平洋戦争〉蓮沼蕃「玉音盤争奪事件」

も宮内省の地下室に閉じこめ、天皇の録音盤の捜索に狂奔した。彼らは、侍従徳川義寛を殴りつけまでしたが、皇后宮職事務室の軽金庫に徳川侍従がしまった玉音盤をついに発見することが出来なかった。[3]

二時をやや廻ったころ、陸相官邸にいた竹下中佐は、宮城の方角で銃声らしいものを聞いて、はじめて阿南に今夜のクーデター計画のことを打明けた。阿南はべつに動ずる色もなく、「東部軍は起たぬだろう」といった。

事実、第一生命ビルにいた東部軍司令官田中静壱大将は、近衛兵叛乱のことを知り激怒したが、深夜出動して混乱状態に陥ることを避け、夜明けを焦燥して待っていたのであった。[4]

朝日新聞社会部長荒垣秀雄は、前夜すでに天皇の放送のことを知り、それについての紙面を部員と相談したあと、銀座へ出た。彼はまだ宮城をめぐる嵐に気づかなかった。

「夜一時半か二時ごろだったと思うのですけれど、ひとりでぶらっと銀座に出たのです。ものすごい月夜で、銀座から神田、築地あたりまでず

3　集英社＝〈昭和戦争文学全集1〉下村海南「終戦秘史」

4　日本出版協同＝塚本清「あゝ皇軍最後の日」

っと一面の焼野原でところどころにビルの焼けただれた化物みたいなのがあるという程度で、人っ子ひとり、犬一匹通らないのですね。もちろんB29も飛ばない。戦闘機も来ない、空というものを思い切り、安心して仰げるという気がしたのです。空というものはこんなにきれいなものだったかと思ってね。それから同時に、『助かったなあ』という気持ちがしたのです。そのくせ、非常に、なんともいえん悲しみ、敗戦の悲しみといったようなもので、ぽろぽろぽろぽろと涙がこぼれるのです。しかしそれと裏腹に、ああ、これで助かったな。よく助かってきたものだなという気持ちと、いろんな複雑な気持ちがからみあっているのですがね。それと、われながら愕然としたことは、ものを考えるのに、ふと気がついたのは、ぼくは英語がしゃべれないのですが、そのくせ英語でものを考えているのです。それでぼくは、われながら愕然として、なにか自分の中に非常に無気味なものがひそんでいたのに気がついてどきっとしましたね。とにかくあの晩の銀座あたりの鬼哭啾々《きこくしゅうしゅう》というような月夜の風景は、ちょっとすごいものでしたね」[5]

5　筑摩書房＝〈現代日本記録全集23〉荒垣秀雄・佐藤忠男対談「敗戦前後」

宮内省地下室に、石渡宮相とともにひそんで外の物音に耳をすませていた木戸内府は、三時ごろふと呟いた。

「おたがいに、いつ発見されて殺されるかも知れないが、歴史はもう廻った。戦争はもう終った。殺されても、もうよろしい」[6]

三時過ぎ、陸相官邸に畑中少佐から連絡の将校が来て、近衛師団長森中将が蹶起を承知しないので斬殺し、東部軍の去就はいまだ不明であるむね伝えて来た。

「そうか、森師団長を斬ったか」

と、阿南はいい、

「そのお詫びもかねて死ぬことにしよう」

と、つぶやいた。

常日頃酒を断っている阿南がこの夜あまりに痛飲するので、竹下が「飲み過ぎて、仕損ずると悪いですぞ」というと、阿南は、「なに、飲めば血行がよくなり、出血充分で確実に死ねるだろう。おれは剣道五段だから、その点は大丈夫だ」と笑った。

やがて着換えをはじめ、純白のワイシャツをつけて、「これはお上が

6　雄松堂＝「極東国際軍事裁判速記録」石渡荘太郎証言

お肌につけられたもので、侍従武官時代に拝領したものだ」といった。それから、勲章をぜんぶつけた軍服の上衣をぬいで床の間に置き、両袖の間に抱くように、二年前に中国戦線で戦死した次男の砲兵少尉惟晟の写真をのせた。

夜の白みかけるころ、大城戸憲兵司令官が、近衛師団の件を報告のために来た。阿南は「そろそろ夜が明けるから、始める。憲兵司令官には君が会ってくれ」といって、竹下中佐を応接室に去らしめた。竹下が応接室で憲兵司令官の報告を聞いていると、陸相秘書官林三郎中佐がやって来て、大臣を見にいったが、たちまち「大臣は自決された」と叫びながら駈け戻って来た。

そこで竹下らがいって見ると、阿南はすでに縁側に坐って、皇居の方をむいて割腹し、左手で右頸動脈をさぐり、短刀で喉を斬ったところであった。竹下は粛然としてそれを見まもっていたが、「介添しましょうか」と声をかけた。「いや、要らん、あちらへゆけ」と阿南は答えた。

そのうちに、若松陸軍次官から電話があったので、竹下はこれに出て大臣の自決を報告し、ふたたび現場に戻って見ると、阿南は少し右前のめりになっていたが、まだ烈しい呼吸音をたてていた。竹下は「苦しくはありませんか」と呼んだが、阿南はすでに意識はないようであったが、ときどきぴくぴくと手足を動かした。竹下は短刀をとり、右頸動脈を深く切って介錯《かいしゃく》した。[7]

四時半ごろ、横浜警備隊長佐々木武雄大尉以下の兵、それに同調する横浜高工の学生たち自称「国民神風隊」四十人は、トラックで東京に急行、首相官邸を襲ったが、首相は小石川丸山町の私邸にいることを知って、官邸に火を放って、その方にトラックを廻した。火はすぐに消された。しかも、電話によってそのことを急報された丸山町の首相夫妻は、彼らが殺到する前に逃れ出て、本郷西片町の首相の実妹の家へ向った。そこから私邸に電話すると、電話には襲撃隊が出た。首相夫妻はまた西片町から飛び出した。このあたりは喜劇映画的であるが、このとき鈴木はいった。

「二・二六事件のときにも大丈夫であった私がいるのだ。落着け」

「国民神風隊」が怒り狂って私邸を炎上させ、首相はあきらめてこんど

---

7 〈文藝春秋臨時増刊昭和二十七年八月〉=涼風読本・竹下正彦「阿南大将の自刃」

は平沼邸へ向っているころ、鈴木夫妻は芝白金の令弟鈴木孝雄大将邸へ一目散に車を走らせていた。[8]

同じ午前四時半ごろ、赤坂新町の木戸侯爵邸に九人の壮士が押しかけた。彼らは、三十五歳の飯島与志雄を団長とする右翼の一団で、すでにきょう正午の天皇の放送のことを聞き、木戸に会って御放送中止を迫り、木戸が聞かなければ君側《くんそく》の奸《かん》として自決を迫るか斬殺する目的のために襲ったものであった。

木戸邸も空襲で焼けて、跡にバラックを建てて住んでいたが、鉄門だけは豪壮の形をとどめていた。そこを護る警官たちに彼らは制止され、争いの末、警官一人を斬って逃げ出した。[9]

五時半ごろ枢密院議長の平沼邸も襲撃された。平沼騏一郎の姪の娘で、同居していた三十二歳の平沼節子は語る。

「五時半頃また警報が鳴りました。私は起き上り着物を着てまた壕に入ろうとしたところが、家の外で恐ろしい音と叫び声が聞えたのであります。窓から見ますと、一群の男が表門から入って本家の方に進んで来るのが見えました。そのものどもは十五人ほどいる護衛警官の手を頭上に

8　集英社＝〈昭和戦争文学全集1〉下村海南「終戦秘史」、文藝春秋新社＝大宅壮一編「日本のいちばん長い日」

9　雄松堂＝「極東国際軍事裁判速記録」木戸証言、自由アジア社＝永松浅造「自決」

挙げさせて一列に整列させ、指揮者が――後に佐々木という陸軍大尉だと聞きましたが、私はこの人がよく見えました――声を張りあげて叫ぶのを聞きました。『平沼がどんな奴か知らないのか。お前ら、知らないんだな。きやつは有名な親英米派の大将だ。国賊だ。大国賊を護衛するとは何事だ。恥を知れ』

このときすでに兵士たちが家の中に入って来て、家中ガソリンをまき、一つ一つ全部の室に火をつけました。恐ろしいと思うひまもありませんでした。私は祖父のことが気がかりでその方へ進んだのですが、煙にいぶされてそれ以上進めませんでした。ちょうどそのとき暴徒の一人が、『平沼が見つからん』と叫ぶのを聞きました。

私はこれを聞いて、誰かが祖父をやっと間にあうように連れ出すことが出来たなと感じました」[10]

木戸が述懐したように、歴史の巨大な車はすでに回った。これを逆に回そうともがくものは血しぶきたててはね散らされた。

午前六時（アメリカ時間十四日午後四時）バーンズ米国務長官は、日

10　雄松堂＝「極東国際軍事裁判速記録」平沼節子証言

本政府の発した最終回答の報告を受け取った。「これで一生を通じての一刻千秋の待ち遠しさは終った」と彼は書いている。すぐに彼は、ロンドン、モスクワ、重慶との間の無線電話をつながせた。[11]

夜明けとともに、東部軍司令官田中大将は出勤して、宮中の叛乱兵を鎮圧解散させた。

また一方、午前四時半ごろから内幸町の放送会館に乱入して、自分たちの真意を放送させてくれと強要また哀願していた畑中少佐らは、放送局側の「警報が出ている間は、東部軍の許可がなければ一切余分な放送は出来ない」という拒絶の前に、ついに七時ごろ、放心状態でみな退去した。彼らはすでに絶望におしひしがれていた。

七時二十一分、館野守男アナウンサーは放送をはじめた。

「謹んでお伝えいたします。かしこきあたりにおかせられましては、このたび、詔書を渙発あらせられます。かしこくも天皇陛下におかれましては、本日正午、おんみずから御放送あそばされます。まことに畏れ多ききわみでございます。国民は一人残らず、謹んで玉音を拝しますよう

11　毎日新聞社「太平洋戦争秘史」

に。

ありがたき放送は正午でございます。ありがたき放送は正午でございます」[12]

夜明けとともにまた来襲していた敵艦載機群を迎撃に飛び立ち、十時過ぎ着陸した厚木基地の第一飛行隊長森岡寛大尉は、山田飛行長から再度の出撃を命じられると、

「正午の放送を聞いてからにします」

といって、食い忘れていた朝食を食い出した。[13]

そのころから、敵機群は潮のひくように姿を消しはじめた。

それは米機動部隊旗艦ミズーリ艦上のハルゼー提督が、トルーマン大統領からの飛電を受け取ったからであった。彼は記す。

「私の心中には、もうこれ以上部下を殺さなくてもいいのだという感謝と、この日に自分が第三艦隊司令長官であったという感謝がこみあげて来た。私ははしゃいで、やあやあ、といいながら、そこらじゅうにいる連中の肩をたたいてまわった。そして信号した。

『祝杯をあげよ! ただし、アメリカ空母機動部隊をのぞく』

12 学芸書林=〈私の昭和史〉証言5「玉音盤奪取事件」

13 今日の話題社=〈太平洋ドキュメンタリー〉森岡寛「厚木零戦隊戦記」

十時二十分、全空襲部隊が帰還したが、私は戦闘機は甲板にならべ、上空哨戒の戦闘機隊はそのままにすることを命令した。私はまだ日本人を完全に信用することは出来なかったし、カミカゼがその先輩につづくという名誉にかけて、最後の攻撃をかけて来るかも知れないと思ったからである」

戦闘中止後、日本機が来襲したら撃墜してよいか、というマケイン第三十八機動部隊司令官の問いに、ハルゼーは答えた。

「その通り！　ただし、手荒にでなく、友好的方法《フレンドリー》でやれ」

十一時二十分、旗艦ミズーリの檣頭《しょうとう》高く「一同、よくやった！」という信号旗が風にひるがえり、サイレンが海に鳴り渡った。[14]

この日をもってマリアナ基地の米第二十九航空軍のB29出撃も終った。全作戦を通じて、三万四千七百九十機が出撃し、原爆以外に十七万トンの爆弾を投下した。しかし三百十五人の死傷行方不明の損害を受け、四百十四機を喪失した。この中、日本軍戦闘機と対空砲火によるものは百四十七機に過ぎなかった。[15]

ロンドンでは、前首相チャーチルが、ライセスター広場附近の或る絵

14　毎日新聞社＝「太平洋戦争秘史」

15　サンケイ新聞出版局＝カール・バーガー「B29」

画商の店で絵具を漁《あさ》っていた。たまたま店に入った一銀行家が、先刻日本が正式に降伏を受諾したニュースが入ったと伝えると、チャーチルは、

「グッド!」

と、ただ一言いったのみで、あとは絵の批評に余念がなかった。[16]

十一時二十分ごろ、クーデターの首謀者畑中少佐と椎崎中佐は、二重橋と坂下門の中間芝生で自決した。畑中少佐は森師団長を射殺したのと同じ拳銃で額をぶちぬき、椎崎中佐は軍刀を腹部に突き刺し、とどめを刺すためにさらに拳銃で頭を射つという凄惨な最期であった。[17]

このころ、鈴木首相はすでにフロックコートを着て、悠然と参内していた。

十一時五十五分、ラジオによる東部防衛司令部、横須賀鎮守府司令部発表。

「一、敵艦上機二百五十機ハ三波ニ分レ、二時間ニ亙リ、主トシテ飛行場、一部交通機関、市街地ニ対シ攻撃ヲ加エタリ。二、十一時迄ニ判明セル戦果、撃墜九機、撃破二機ナリ」

あと五分しかないのに、右の始末だ。一体どういうことになってるん

---

16 共同出版社=「太平洋戦争日誌」

17 文藝春秋新社=大宅壮一編「日本のいちばん長い日」

だろう、と、徳川夢声はめんくらった。

「……目下、千葉、茨城ノ上空ニ敵機ヲ認メズ」

これが十一時五十九分のラジオの声で、つづいて正午の時報が、コツ、コツと刻みはじめた。

「これより、畏くも天皇陛下の御放送であります。謹んで拝しまするよう」

夢声は、妻と娘と畳の上に直立不動の姿勢をとった。

君が代の奏楽が流れ出した。「この国歌、曲が作られてこの方、こんな悲しい時に奏されたことはあるまい。私は全身にその節調が、大いなる悲しみの波となって浸みわたるのを感じた」

玉音が聞え始めた。

何という清らかな御声であるか。足元の畳に、大きな音をたてて、夢声の涙が落ちていった。

聴いているうちに、直感的に彼は感じた。

「斯くの如き君が、またとあろうか。日本敗るるの時、この天子を戴いていたことは、なんたる幸福であったろうか。歴代の天皇の中で、これほどヨキ人はなかったに違いない。——この佳き国は永遠に滅びない！」[18]

高村光太郎はのどの裂けるばかりに悲歌を歌った。

「綸言《りんげん》一たび出でて一億号泣す
昭和二十年八月十五日正午
われ岩手花巻町の鎮守
鳥谷崎神社社務所の畳に両手つきて
天上はるかに流れ来る
玉音の低きとどろきに五体うなる
五体わななきてとどめあえず
玉音ひびき終りて又音なし
この時無声の号泣国土に起り
普天の一億ひとしく宸極《しんきょく》に向ってひれ伏せるを知る
微《び》臣恐懼《しんきょうく》ほとんど失語す」

八十三歳の徳富蘇峰は、富士山麓双宜荘で「近世日本国民史」第九十七巻「熊本城攻守篇」を執筆中であったが、この日、文中に書き入れた。

18　中央公論社＝「夢声戦争日記」

「昭和二十年八月十五日は、実に我が皇国日本に取りて、永久に記念すべき悪日である」

内田百閒は書いた。

「熱涙垂れて止まず。この滂沱《ぼうだ》の涙はどう云う涙かと云う事を、自分で考えることが出来なかった」[19]

谷崎潤一郎の日記。

「荷風氏は十一時二十六分にて岡山へ帰る。余は駅まで見送りに行き帰宅したるところ十二時天皇陛下御放送あらせらるとの噂をきゝ、ラジオをきくために向う側の家に走り行く。十二時少し前までありたる空襲の情報止み、時報の後に陛下の玉音をきゝ奉る。然しラジオ不明瞭にてお言葉を聞き取れず、ついで鈴木首相の奉答ありたるもこれも聞き取れず、ただ米英より無条件降伏の提議ありたることのみはほゞ聞き取り得。予は帰宅し、二階にて荷風氏の『ひとりごと』の原稿を読みいたるに家人来り今の放送は日本が無条件降伏を受諾したるにて陛下がその旨を国民に告げ玉えるものらし、警察の人々の話なりと云う。皆半信半疑なりしが三時の放送にてそのこと明瞭になる。町の人々は当家の女将《おかみ》を始め皆

19　三笠書房＝内田百閒「鬼園の琴」

昂奮す。家人も三時のラジオを聞きて涙滂沱たり」[20]
「ここで天皇陛下が、朕とともに死んでくれと仰有《おつしや》ったら、みんな死ぬわね」
と、高見順の妻がいった。高見も同感だった。高見は書いている。「——遂に敗けたのだ。戦いに敗れたのだ。夏の太陽がカッカと燃えている、眼に痛い光線。烈日の下に敗戦を知らされた。蟬がしきりと鳴いている。音はそれだけだ。静かだ」[21]
学校とともに信州飯田に疎開していた医学生山田風太郎は、町の大衆食堂でこの放送を聞いた。
「みな凝然と佇立《ちよりつ》したまま動かない。……冷え冷えとする町の大衆食堂の中に、四人の学生は茫然と、うつろな眼を入口の眩《まばゆ》い日光にむけ、主人は端座して唇をかみ、おかみさんは脅《おび》えたような眼を天井に投げ、娘は首を垂れ、両腕をだらりと下げたまま立ちすくんでいる。……
『どうなの？　宣戦布告でしょう？　どうなの？』
と、おばさんがかすれた声でいった。訴えるような瞳であった。

20　中央公論社＝〈谷崎潤一郎全集〉「疎開日記」
21　勁草書房＝「高見順日記」

『済んだ』

と、僕はいった。

『おばさん、日本は負けたんだ』

『く、口惜しい！』

一声叫んでおばさんは急にがばと前へうつ伏した。はげしい嗚咽《おえつ》の声が、そのふるえる肩の下から洩れている。みな死のごとく沈黙している。ほとんど凄惨ともいうべき数分間であった。

四人は唖のように黙ったまま外へ出ていった。明るい。くらくらするほど夏の太陽は白く燃えている。負けたのか？　信じられない。この静かな夏の日の日本が、今の瞬間から、恥辱に満ちた敗戦国となったとは！

過去はすべて空しい。眼が涸《か》れはてて、涙も出なかった」

彼は寮に帰った。級友の高田が柱にもたれかかったまま、あぐらをかいて、眼をつむっていた。涙が二すじ頬にひいていた。高田は、山本元帥とともに戦死した高田軍医長の息子だった。

「暗い台所で炊事の老婆が二人、昨日と一昨日と同じように、コツコツと馬鈴薯を刻んでいる。その表情には何の微動もない。……この二人の婆さんは、天皇の御放送をききつつ、断じて芋を刻むことを止めなかったという。こういう生物が日本に棲息しているとは奇怪である」[22]

斎藤茂吉は。――

「たえしのびこらえしのびて滅びざる命遂げむときおいたてまつる」

釈沼空は。――

「戦いに果てしわが子も聴けと思う　かなしき御詔《みこと》うけたまわるなり」

高浜虚子は。――

「秋蟬も泣き蓑虫《みのむし》も泣くのみぞ」

荻原井泉水は。――

「ああ秋日面《おもて》に厳し泣くべきものか」

ただしかし、久保田万太郎は、

「何もかもあっけらかんと西日中」

そしてまた二年前不敬罪で裁判にかけられた反軍叛骨の尾崎咢堂が次のようにうたったのも、必ずしも冷嘲とはいえない悲痛のひびきがある。

「試す日は遂に来にけりあなあわれ天下無双の大和魂」

22　山田風太郎「戦中派不戦日記」番町書房＝

焼け残った建物に囲まれた海軍省の中庭で、職員とともに御放送を聞き終った米内海相は、二、三回首をふってから、低く飛ぶちぎれ雲を見あげた。湿度の高いその日の陽ざしはひときわ烈しく、憔悴《しょうすい》した米内の横顔には、深い疲労がありありと見えた。

が、放送が終っても、いつまでも顔をあげなかったり、蒼白な頰をひきつらせている部下の中で、先に歩き出した米内は、以前よりかえって軽やかな足どりで、大臣室へ戻っていった。[23]

放送が終った直後、東条は妻の勝子にいった。

「これまでは陛下のおんために死ぬことばかり考えていたが、陛下のお心が、このようであれば、お言葉に従い、ただいまからは生きぬくことが第一である」

異様な静かな時間が過ぎて、午後一時ごろ電話が鳴った。[24]

受話器から耳を離した東条は、ふりかえって、娘の満喜枝にいった。

「もうすぐ秀正が屍体になって帰って来る。覚悟は出来ているな」

彼の娘婿で、抗戦派に同調して近衛連隊出動の偽命令を書いた近衛師団参謀古賀秀正少佐は、師団司令部で、万事休すという思いと謝罪をか

23　光人社＝実松譲「米内光政」

24　二見書房＝林逸郎編「敗者」

ねて、この日のひるまえ、森師団長の柩《ひつぎ》の前で腹十文字にかき切って自決したのであった。[25]

そして天皇もまた自分の放送を聞いた。

天皇はお文庫から百メートルほど離れた望岳台の地下にある四周を鉄でかためた大金庫室を防空壕としていた。扉も厚さ六、七十センチある鉄扉《てっぴ》であった。この日、午前十一時五十五分ごろ、天皇はここに入って来た。

侍従職警衛内舎人《うどねり》高橋英《しげる》は書く。

「陛下は正面の机の上に軍帽と白い手袋をおかれ、その後ろの方に入口まで重臣と侍従武官長、侍従長たちが立っておられた。

そこにおいでの陛下の録音を、ラジオを通じて拝聴するうち、次第に陪聴者たちはみなすすり泣きをはじめ、流れる涙も拭きかねている態《てい》であった。陛下御自身も悲痛極まりない御風情で、後方をお向きになっていらっしゃるのでさだかではないが、涙を流されておいでのようで、ポケットからハンカチをお探しのようになされたが、もどかしくついに机上の白手袋をもって顔をお拭きになった御様子に、並いるものの多くが

25　文藝春秋新社＝大宅壮一編「日本のいちばん長い日」

声を出して泣くのであった」[26]

中にも廊下に詰めていた一人枢密院議長平沼騏一郎が、長いからだを二つに折るようにして、白い髪を乱してむせび泣いているのが印象的であった。[27]

ついでながら高橋英はつけ加える。

「ところが、われわれ侍従職警衛内舎人の中からも、詔勅を拝して二時間後には、自分自身のものをまとめて逃げ出したものが二、三人いたことは、残念ながら事実である」

奥日光湯元の南間ホテル別館に、六十人の学友、百人の少年兵、二百四十人の儀仗隊《ぎじょうたい》、近衛師団の一個大隊、戦車一個中隊に護られて疎開していた十歳七カ月の皇太子も、居間でラジオに向い、正座して父陛下の放送を聞いた。陪聴していた穂積東宮大夫、二人の御用掛、六人の侍従、一人の侍医はたがいに抱き合って、声をあげて泣き出したが、皇太子は毅然として、一心に聞いていた。

詔勅の文章が大変難しいものだったので、やがて気をとり直した穂積東宮大夫が、こんこんと、かんで含めるように説明しはじめた。[28]

26　〈文藝春秋臨時増刊昭和四十六年五月〉＝天皇陛下の七〇年・高橋英「八月十五日の地下防空壕」

27　〈文藝春秋昭和四十年四月号〉＝入江相政「八月十五日の吹上御所」

28　読売新聞社＝〈昭和史の天皇〉「日光の皇太子さま」

放送を聞いた厚木司令の小園安名は叫んだ。

「万世ノ為ニ太平ヲ開カムト欲ス……まったく同感だ！　おれの心は天皇のお心と全然同じだ。だからこそおれは、戦局を挽回して、日本の万世のために太平を開かんと欲しておるのだ！」

彼は十二時三十分、全海軍部内に左記の電報を打電した。

「赤魔の巧妙なる謀略に翻弄《ほんろう》され、必勝の信念を失いたる重臣閣僚共が、上《かみ》聖明を覆い奉り、下《しも》国民を欺瞞《ぎまん》愚弄し、遂に千古未曾有の詔勅を拝するに至れり。恐懼極まりなし」

そして彼は麾下の飛行機の全力をあげて、謄写版で刷った抗戦のビラを関東一円にまくことを命じた。[29]

広島の病院では、天皇の放送をきいて俄然静まりかえった。寂《せき》として声なく、しばらく沈黙がつづいていたが、間もなくすすり泣きの声が聞え出した。

突然、誰か発狂したのではないかと思われるほど大きな声で、「このまま敗けられるものか」と怒鳴った。

それにつづいて、矢つぎばやに、「今さら戦争をやめるとは卑怯だ」

29　〈特集文藝春秋昭和三十年第1号〉＝日本陸海軍の総決算・相馬五郎「神勅厚木に降る」

「人をだますにもほどがある」「敗けるより死んだ方がましだ」「何のために今まで辛抱したのだ」「これでは死んだ者が成仏出来るか」いろんな表現で鬱憤《うっぷん》が炸裂した。

病院は上も下も喧々囂々《けんけんごうごう》全く処置のない昂奮に陥った。日ごろ平和論者であった者も、戦争に厭《あ》き切っていた者も、すべて被爆この方俄然豹変して徹底的抗戦論者になっていた。

「東条大将の馬鹿野郎、腹を切って死ね」

と、怒鳴った者もあった。

降伏の一語は、全市壊滅の原爆よりも遥かに大きなショックであった。[30]

三月九日の空襲で母を失い、四月二十五日の空襲で父を失った小学六年の春沢光夫は、上野駅で浮浪児となってコンクリートの上に新聞紙を敷いて寝泊りしていた。

「駅の中にすえつけてある拡声器から特別ニュースがあるときいたので、その拡声器のそばにいってきいた。いままでがやがやしていた上野駅がきゅうにしずかになって、だれもいないかのようにしずまりかえって、皆くびをさげて天皇陛下のおことばをきいています。駅員はじめ駅の中

30　朝日新聞社＝蜂谷道彦「ヒロシマ日記」

にいた人たちは皆泣いた。ぼくは、『この戦争のために、お父さんもお母さんも死んだのです』と考えると、いくら子どもでもかなしくてたまりません。ぼくも泣きました」[31]

放送後しばらくしての宮城前の光景を下村海南は記す。

「放送会館を引上げるとき、二重橋前は大変な人ですよという。車を宮城前に走らせて見ると、いかにも馬場先から日比谷から三々伍々二重橋の広場へむけて群衆のあとが絶えない。車を降りて広場までくると、立ちしままに黙禱《もくとう》をささげているのがあり、坐して砂利に頭を伏せているのがある。列を組みてつつましく何か詞を捧げているのがあれば、調子を揃えて君が代をうたうもある。時折に天皇陛下万歳と悲痛な声で合唱される。そこにもここにも嗚咽泣哭《きゆうこく》の声が広場に限りなく聞えている。

私は胸が一杯になって立ちつづけた。私の頭に浮かんだのは明治四十五年の夏、明治天皇病革《あらた》まりし折の事であった。明治と昭和、明治大帝の不予の当時と、今帝《きんてい》の忍苦ポツダム宣言受諾の大詔渙発と、昔をしのび今を思い、私は万感胸に迫りつつ、声をあげて泣きながら砂利の玉石一つを押しいただき懐にしつつある若者のそばを、忍びやかにすりぬけ

31 大平出版社＝田宮虎彦編「戦災孤児の記録」

たのであった」[32]

日本に空白の午後が来た。

高見順は東京へ出かけた。電車の中で、ドタ靴を投げ出して二人分占領していた軍曹が、隣の男と話していた。

「『何かある、きっと何かある』……『休戦のような顔をして、敵を水際までひきつけておいて、そうしてガンと叩くのかも知れない。きっとそうだ』」

高見は溜息をついた。「敵を欺《だま》して……こういう考え方は、しかし、思えば日本の作戦に共通のことだった。この一人の下士官の無知陋劣《ろうれつ》という問題ではない。こういう無知な下士官にまで滲透《しんとう》しているひとつの考え方、そういうことが考えられる。すべて欺し合いだ。政府は国民を欺し、国民はまた政府を欺す。軍は政府を欺し、政府はまた軍を欺す」

「新橋の歩廊に憲兵が出ていた。改札口にも立っている。しかし民衆の雰囲気は極めて穏やかなものだった。平静である。昂奮している者は一人も見かけない」

田村町の新聞売場では、どこも蜿蜒《えんえん》たる行列だった。「昂奮した言動

32　集英社〈昭和戦争文学全集1〉下村海南「終戦秘史」

を示す者は一人もない。黙々としている。兵隊も将校も、黙々として新聞を買っている。――気のせいか、軍人は悄気《しょげ》て見えた」[33]

交通公社に勤めていた作家富永次郎は、阿佐ヶ谷の知人の家でこの放送を聴いて町へ出た。

「何となく街が無音の状態に見える。通行人が路上をフワフワと宙に浮くように歩き、道ばたが白日に白くかわいているのも、白昼夢を見ているような図である。電車がのろのろ走る。ツンボになったような気がする」[34]

福島県郡山に疎開していた宮本百合子は、この日のことを網走刑務所にいる夫の宮本顕治に書き送った。

「……十五日正午から二時間ほどは日本全土寂として声なしという感じでした。あの静けさはきわめて感銘ふこうございます。生涯忘れることはないでしょう」[35]

肺結核のために四十三歳の作家島木健作は鎌倉の病院に入院していた。放送を聞いた京夫人はそのことを夫に知らせたが、島木は半ば朦朧《もうろう》状態で反応がなかったが、しばらくして、不意に身を起して、

33　勁草書房＝「高見順日記」

34　角川書店＝富永次郎「失われた季節」

35　筑摩書房＝〈現代日本記録全集17〉宮本百合子「十二年の手紙」

「戦争が終ったんなら、銀座の木村屋に行列してアンパン買って来い」

といった。[36]

醜態をさらす者はむろんあった。

宮沢俊義は語る。

「私の友達で少尉で応召して最後にどこか内地の田舎で敗戦を迎えた人の話ですが、畳の部屋に部隊長を先頭に、あとはそのうしろに端座して、終戦の天皇のラジオ放送を聞いたんだそうです。ところが夏で暑いものだから、ハエがくる。そうすると先頭にきちんと座っていた部隊長が、ハエがくるとぱっと手を出して捕まえようとする。ハエが逃げる。そのつど一生懸命に捕まえようとする。なかなか捕まらない。かんじんの終戦の詔勅を聞きながらハエばかり追っているんだから、こんな面白い風景はなかったといっていましたが、もうそのころは部隊長もそんな調子だったんですね。

日本が負けるときは、軍人という軍人はもっと大暴れすると思っていたので、あんなにおとなしく降参するとは考えられなかった。戦陣訓の何分の一かでも実践されるとなると、あのように簡単に戦争は終らなか

36　〈文藝春秋臨時増刊昭和四十六年十二月〉「日本の作家一〇〇人」

ったと思うが、そう考えたわれわれの認識が非常に表面的だったので、実際にはもう大体どこでも戦争に負けていて、やめろといわれればすぐやめられる状態にあったんですね[37]」

市ヶ谷の陸軍省で放送を聞いた同盟通信社の長田政次郎ら記者たちは、やがて社に帰るべくそこを出た。陸軍省の庭では、もう黒煙をあげて書類の焼却がはじまっていた。

「正門にさしかかると驚くべき風景を見た。軍服姿の憲兵たちが、カーキ色の毛布に私物や官給品をごっちゃにくるんで肩にかけ、トットと門を出てゆくではないか。大日本帝国の最高官衙《かんが》に服務していた憲兵の誇りはいまいずこにありや[38]」

絶望し、悲嘆し、慷慨し、狼狽し、虚脱する者ばかりではなかった。ひそかに、あるいは公然と喜悦する人々もまたあった。

谷崎潤一郎に見送られたあと、永井荷風は記す。

「……出発の際谷崎夫人の贈られし弁当を食す。白米のむすびに昆布佃煮《つくだに》及び牛肉を添えたり。欣喜《きんき》措《お》く能わず。（中略）午後二時過岡山の駅に安着す。焼跡の町の水道にて顔を洗い汗を拭い、休み休み三門の寓

37　毎日新聞社＝「昭和思想史の証言」

38　〈文藝春秋 昭和三十五年九月号〉＝長田政次郎「無条件降伏一日前の記者クラブ」

舎にかえる。S君夫婦、今日正午ラジオの放送、日米戦争突然停止せし由を公表したりと言う。恰《あたか》もよし日暮染物屋の婆、雞肉葡萄酒を持来る。休戦の祝宴を張り皆々酔うて寝に就きぬ[39]」

　春から信州上田の結核療養所に疎開していた東大内科の加藤周一は、療養所の全員とともに病院の食堂でこれを聴いた。放送の後、大きな息をひとつして、「これはどういうことですか」と事務長が、院長の方を向いていった。「戦争が終ったということだ」と院長は短く答えた。

「数十人の看護婦たちは――みんな土地の若い娘であった――何ごともなかったかのように、いつもの昼食の後と少しも変らず、賑やかな笑い声をたてながら、忽ち病室の方へ散っていった。戦争は遂に――どんな教育にもかかわらず、娘たちの世界のなかまでは浸みこんでゆかなかったのである。事務局長をはじめ、疎開の医局員の多くは、沈鬱な表情をしていた。しかし涙を流した者はひとりもいなかった。

　私は院長室にひきあげると、院長とそれぞれの思いに耽《ふけ》りながら、だまって院長がいれた緑茶をすすった。今や私の世界は明るく光にみちていた。夏の雲も、白樺《しらかば》の葉も、山も、町も、すべてよろこびに溢れ、希

39　岩波書店〈荷風全集〉「断腸亭日乗」

望に輝いていた。私はその時が来るのを長い間のぞんでいた。しかしまさかそのときが来ることは信じていなかった。すべての美しいものを踏みにじった軍靴、すべての理性を愚弄した権力、すべての自由を圧殺した軍国主義は、突然悪夢のように消え、崩れ去ってしまった——とそのときの私は思った。これから私は生きはじめるだろう。もし生きるよろこびがあるとすれば、これからそれを知るだろう。私は歌いだしたかった[40]」

　共産主義者神山茂夫は、この日の朝公判のため豊多摩刑務所から巣鴨拘置所に来ていた。

　午後彼は、法廷ではなく、裁判長の部屋に通された。彼は書く。

「私が入ってゆくと裁判長はすぐたちあがった。彼はキラキラ光る目でじっと私の目を見つめていたが、やがて口をひらいて、『神山、さっきのラジオきいたか』とたずねた。私はぶっきらぼうに、『きくわけがないじゃないか。きかせないために、入れてあるんじゃないか』と答えた。『そうか、じゃ、いうが……日本は負けちゃったんだ。お前のいう通りになっちゃったんだ』とおし殺した声でいいながら、目にいっぱいの涙

---

40 岩波書店＝加藤周一「羊の歌」

をたたえた。私はいった。『そうか、それじゃひとつすぐ女房にもその話をしてやってくれ』

やがて妻は女区から呼び出されて来た。裁判長が妻の名を呼び、『日本がまけちゃった』と叫ぶようにいいもあえず、声をたてて男泣きに泣きはじめた。同時に妻もワッと泣きはじめた。敵対する立場にありながら、また気持はちがうにせよ、声をあげて共に泣くこの二人の姿を見ていると、私の胸も強い大きな感情の波にゆれるのであった。しかし私は泣けなかった。

この日の大事件のため、いつになく早く帰途についた。手錠をはめられ、腰縄をうたれ、トラックにつみこまれていても、私たちはまるで凱旋将軍のような気持であった」[41]

昭和十七年以来、やはり共産主義者として巣鴨拘置所に拘留されていた三十五歳の中西功は、この日のことをその翌日娘の準子、直子に書き送る。

「準子サン、直子サン、昨日ノシュウセンノ放送ヲドンナニキキマシタカ。オーチャンハ、サイバンショニイテキキマシタ。涙ガナガレタリ、

41　中央公論社＝〈実録太平洋戦争〉神山茂夫「獄中太平洋戦争」

マタ、アトデハ、思ワズ『ミドシラ……』ノ拍手ヲトッテ、ヘヤヲウロツイテオリマシタ。ソシテ、夜中床ノ上デハ、『エイコラ』ノ調子ガ、一バン中、耳ヲ去リマセンデシタ」[42]

「米軍が来る。――」

誠文堂新光社の社長の小川菊松は、芋の買い出しに来ていた房総西線岩井駅で、拡声器から流れ出す玉音に耳をかたむけていて、突然眼をひからせた。

「英語が要る。ようし！」

彼は東京に飛んで帰って、一晩でB7判「日米会話手帖」三二ページの原稿を書きあげた。彼は前日まで米軍に備えて猟銃を五、六本用意していた男だった。

「日米会話手帖」は一カ月で四〇〇万部売れた。[43]

陸士五十六期、中隊長小林順一の話。

「私の部隊は東京で、空襲が激しいために連隊の本部から離れて一般民家に疎開、分散していたわけです。そこで附近の広場に集まったわけなんです。放送が始まるや否や、初めて聞く陛下の御声と、敗戦という印

42 岩波書店＝中西功「死の壁の中から」

43 朝日新聞社＝「日本とアメリカ」

象で、みなおいおいと泣き出しました。放送が終ると、あっちに三人、こっちに二人というふうに互いに抱き合っておいおい泣きながら、痛みにもだえるようにのたうちまわるのですね。あるものはポカンとして空を見ているのです。一時間くらい、放心状態で、私が何を言っても全然どうにもならなかった。

そういうふうに動揺している兵隊を納得させる方法に、大部分の指揮官は、いわゆる大御心だ、という一点張りです。大御心だからわれわれは大御心に従って今後の一切の行動をすればいいのだ、というやりかたですね。

しかし、ほんとうは大御心の名にかくれて、実は自分が非常に命が惜しい指揮官が多かったようです」[44]

横須賀海兵団の水兵野口冨士男は、八兵舎前広場に総員集合して放送を聴き兵舎に戻る途中、ほんとうに海軍で使うつもりであったのか大八車で槍の束が運ばれてゆくのを見た。

「午後の日課が取り止めになった兵舎の中には人影も稀で、話し声をたてる者もなく、妙にシーンとしていた。そんな中で、私と同班の一人が、

44　評論社＝飯塚浩二「日本の軍隊」

何かの拍子にふッと低い笑い声をもらした。するると、通路を隔てた向う側の居住区にいた下士官の一人が裸足のまま猛烈な勢いで飛んで来て『貴様は日本が敗けたのがおかしいか』と言うなり、ガアンと一発くらわせた。

そういう光景を見届けてから、私はこみあげて来る嬉しさを抑えるために兵舎を出て、何ということもなくその辺をぶらぶら歩いた」[45]

もとより苦悩の極に達しサムライの最後の誇りに殉じようとする者もあった。

夕六時ごろ、渋谷南平台の海軍軍令部次長官舎で、従兵が、次長の軍服を持って二階へあがってゆくと、腸をしぼるような嗚咽が聞えた。従兵がそっとのぞいて見ると、大西滝治郎次長は、部屋の隅で直立不動のまま、ひとりで慟哭していた。

フィリピンで多数の特攻隊を送り出した大西は、その翌朝未明に割腹した。

放送を聴いたあと、大分にあった第五航空艦隊司令長官宇垣纏は記し

45　現代社＝野口富士男「海軍日記」

た。

「股肱《ここう》の軍人として本日此の悲運に会す。慚愧《ざんき》之《し》に如くものなし。嗚呼！

事茲《ここ》に至る原因に就きては種々あり。自らの責亦軽しとせざるも大観すれば是国力の相違なり。独り軍人のみならず帝国臣民たるもの今後に起るべき万難に抗し、益〻大和魂を振起し将来必ずや此の報復を完《まっと》うせん事を望む。之にて本戦藻録の頁を閉づ」

午後四時、幕僚と別れの盃を汲み交した宇垣中将は、故山本元帥から贈られた脇差をひっさげて自動車で大分飛行場に向った。指揮所の前では爆撃機が九機、試運転の爆音をとどろかせ、日の丸の鉢巻をした十八人の搭乗兵が整列していた。（十一機、二十二人という説もあり）

「指揮官、命令は五機の筈だったが……」

と、横井俊幸参謀長がいいかけると、七〇一空艦爆隊長中津留達雄大尉はいった。

「長官が特攻をかけられるというのに、たった五機で出すという法がありますか。私の隊は全機でお供します」

「皆、私と一緒にいってくれるのか？」

と、長官はいった。全員はいっせいに右手をふりあげた。

「はい！」

しかし、その前にこの「死出の旅」に従う隊員を募ったとき、死を決して進み出た人々の面上は酒気を帯びた人のごとく紅潮し、一種凄烈な輝きを見せたが、心臆した者は顔からたちまち血の気が失せて、まるで白い粉をふいたように鳥肌だって黙然としてうつむいた。これまで「九九式棺桶」と称される艦爆を操り毅然として死地に赴いて来た彼らのはずであったのに、かかる情景はいまだかつて見ぬところであったという。おそらく、もはや勝利のためにではなく、ただ死ぬために死ぬという目的のためであったろう。

宇垣長官に自分の席をとられた遠藤秋章飛曹長は、長官が「余と交替せよ」と命じたのをきかず、同じ席に二人で乗り込んだ。

やがて、風防の中から手を振って別れを告げる長官の乗機を先頭に、九機の編隊は暮れかかる南の空へ消えていった。

七時二十四分、機上の宇垣の訣別の辞が電話で送られて来た。

「過去半歳に亙る麾下各隊の奮戦にも拘らず、驕敵《きょうてき》を撃砕し神州護持の大任を果すこと能わざりしは本職不敏の致すところなり。本職は皇国無窮と天航空部隊特攻精神の昂揚を確信し、部隊隊員が桜花と散りし沖縄に進攻、皇国武人の本領を発揮し驕敵米艦に突入撃沈す。指揮下各部隊は本職の意を体し、来るべき凡《あら》ゆる苦難を克服し、精強なる国軍を再建し、皇国を万世無窮ならしめよ。

天皇陛下万歳」

七時三十分。

「敵空母見ゆ。われ必中突入す」

そして、電波は絶えた。[46]

しかし、三機は途中で不時着、残り六機は沖縄前方の海面に全機撃墜された。あとに残された宇垣中将の「抱夢征空」と書かれた色紙には、「海軍大将宇垣纏」と署名してあった。戦死すれば当然一階級昇進するはずだという気持だったのであろう。[47]

しかし、みずから特攻隊を叱咤して送り出しながら最後に至って死場所を捨てた指揮官もあった。

46　原書房＝宇垣纏「戦藻録」、日本出版協同＝猪口力平・中島正「神風特別攻撃隊」、中央公論社＝〈実録太平洋戦争〉金子甚六「八月十五日の特攻隊」

47　読売新聞社＝「日本終戦史」

福岡にある陸軍第六航空軍司令部にも、第百一特攻隊員がおしかけた。

「お願いに参りました。今から特攻に出して下さい」

「皇軍に降伏はない。戦陣訓はどうなりますか」

「菅原軍司令官閣下は、特攻出撃のたびに、あとにつづく者を信じてゆけ、といわれたではありませんか」

彼らは、高級参謀鈴木京大佐をとりかこみ、中には軍刀を抜いて迫った者もあった。そのとき、海軍の第五航空艦隊の宇垣司令官が沖縄へ特攻出撃したという知らせがあった。

ついに午後八時、鈴木大佐は軍司令官室に入っていった。

「軍司令官閣下も御決心なさるべきかと思います。重爆一機、爆装して出撃の用意をいたしました。鈴木もお供をいたします」

菅原道大中将は当惑した表情になり、やがて陰々といった。

「死ぬばかりが、責任を果すことではない。また玉音を拝聴した上は、余はもう一人の兵も殺すわけにはゆかない」[48]

夕刻から夜にかけて、官邸から運ばれて来た阿南陸相と、宮城前から運ばれて来た椎崎中佐、畑中少佐の遺骸が、市ヶ谷台上の砲座で焼かれ

48　文藝春秋新社＝伊藤正徳「帝国陸軍の最後」、朝日新聞社＝高木俊朗「知覧」

た。二十四時間前、「叛乱」をめぐって恩愛の戦いを戦った大将と幕僚の魂は、三筋の煙をもつれ合わせつつ、暗い天に昇っていった。[49]

日本の敗北をめぐって、その外もまた悲喜こもごもの波を描いた。日本に「亡命」して奈良ホテルに滞在していたフィリピンのラウレル大統領一家の二女ローズは、この日お手伝いの大東亜省事務員小屋公子に、

「キミコさん、戦争終りました。パパの首、ありません」

といって、手で首を切るしぐさをして、ワッと泣き出した。夫人も椅子にもたれかかって、腹からふりしぼるような声を出して泣いていた。二男のラウレル二世は「私が父の身代りになる」とつぶやき、大統領は部屋の中をあっちへいったり、こっちへ来たりして歩きまわっていた。[50]

上海にあった二十七歳の堀田善衞は、同様に戦争中日本に協力してくれた中国人の運命について、天皇が「何をいうか、何と挨拶するか」ひたすらにそればかりを注意して聞いていた。そして天皇がそのことについて、ただ「遺憾ノ意ヲ表セザルヲ得ズ」という嫌味な二重否定をした

49　原書房＝「敗戦の記録」、文藝春秋新社＝大宅壮一編「日本のいちばん長い日」

50　読売新聞社＝〈昭和史の天皇〉「奈良ホテル」

きりで、ほかには触れなかったその薄情さ加減、エゴイズムが軀《からだ》に応えた。

「放送が終ると、私はあらわに、何という奴だ、何という挨拶だ。お前の言うことは、それっきりか、それで事がすむと思っているのか、という怒りとも悲しみともなんともつかぬものに身がふるえた」[51]

しかし、中国にはその瞬間には歓喜だけがあった。八月十五日の北京の空は一点の雲もなく朝から晴れあがり、強烈な真夏の太陽が城内を照りつけていた。待つほどに東京からの電波は天皇の声をのせて、雑音を混えてとぎれとぎれに聞えて来た。間もなく碧空のかなたから轟々たる飛行機の編隊が上空に至り、空から無数の伝単が雪のように降って来た。城内にはいっせいに青天白日旗が連合国の旗とともにかかげられた。

「勝った、勝った」

伝単を奪い合うようにして拾う城内は、真夏の祭典のような晴々しさだった。伝単は蔣介石の布告であった。[52]

この日蔣介石は声明した。

「全国の軍民同胞諸君、われわれの正義が覇道の権力にうち勝つという

51 勁草書房＝堀田善衞「上海にて」

52 河出書房＝佐藤亮一「北京収容所」

真理はついに事実によって証明された。わが中国が闇黒と絶望にとざされ、八年間奮闘したその信念は、今日はじめて実現したのである。……われわれ中国人は、旧悪を問わず人に善をなすということが、わが民族の伝統的な徳性であり、今まで一貫して日本軍閥は敵とするが日本人民は決して敵とは認めないと述べて来たことを思い出さなければならない。われわれは彼らを憐れみその過ちと罪悪を反省させようとするだけである。もし、暴に酬《むく》いるに暴をもってし、これまでの敵の誤った優越感に応えるに辱しめをもってするならば、恨みは報い合って永遠にとどまるところがない。これはわれわれの仁義の師の目的では決してない」

　朝鮮大邱保聖女学校の女教師でクリスチャンで、日本の神社に参拝することを拒否したため昭和十四年以来平壌刑務所に収監されていた安利淑は、この日日本が敗北し、刑務所から日本人職員が消えていることを知った。彼女は朝鮮人看守に命じて各房の扉をあけさせた。

「そのうちに昼食が来た。ああ、これはなんと沢山のごはんであろう。米が入り粟《あわ》が入り豆が入ったいかにもおいしそうな雑穀飯であった。そしておかずもあった。だが、だれも食べようとはしなかった。あまりの昂奮とうれしさで、みな気が変になって食欲などふっ飛んでしまったのだ。囚人たちは声を張りあげて叫びちらした。

東方遥拝も神社参拝ももうないぞ！

志願兵も徴用もなくなったぞ！

日本語を話さなくても配給がもらえるぞ！

祖先からもらった姓名もとり返されたぞ！

土地も家もみんな返してもらえるんだぞ！」[53]

一方、満州では、朝鮮と川一つ隔てての太栗子溝《ターリーツーコー》の日本人炭鉱長の家に逃げて来ていた溥儀皇帝も、日本の降伏を知った。彼は記す。

「私はたちまち両膝をついてひざまずき、大空に向って数度叩頭《こうとう》して唱えた。

『天が天皇陛下の平安を保佑したもうたことに感謝いたします』

叩頭が終ると、吉岡は眉をひそめていった。関東軍はすでに東京と連絡をとり、私を日本へ送ることに決めた、というのである。

張景恵、武部六蔵、それから一群の大臣や参議がやって来た。演じな

53 待晨社＝安利淑「たとえそうでなくても」

ければならない私のお芝居がもう一幕あったのである。彼らは私の退位詔書を持って来た。喪家《そうか》の狗《いぬ》のような大臣たちの前で、私は国務院総務庁嘱託の日本人漢学者の作った原稿を読みあげた」[54]

新京の関東軍総司令部には異様な昂奮が渦まいていた。満鉄社員や一般居留民がおしかけて来た。彼らは関東軍の徹底抗戦を信じ、悲憤慷慨してやまなかった。前線各部隊からも「もはや玉砕あるのみ、これより部隊をあげて突撃せん」といった電報が殺到した。

第四課参謀吉田農夫中佐は、軍司令官の考えはどうだろうか、と司令官室にいった。いったん通化へ移った総司令官は、そこに何の防備準備もないので、十四日また新京に舞い戻って来ていたのであった。山田乙三大将は机上に紙をひろげて一心に揮毫《きごう》の筆をふるっていた。

「前から依頼されておったもんでね。この際片づけておかないと」

と、彼はいった。[55]

新京放送局に勤務していた森繁久弥は、どこへゆくか行先不明の貨車に母と妻と三人の子供を乗り込ませ、それを新京駅に見送って、放送局の社宅にひき返して来た。彼は記す。「あの長い社宅街が、落花狼藉《らっかろうぜき》、

54　筑摩書房＝愛新覚羅溥儀「わが半生」

55　読売新聞社＝〈昭和史の天皇〉「関東軍の最後」

どこの家もからっぽでひっそりかんとし、何でも取りたきゃ取り放題、書画骨董がそのままに床を飾り、誰もいない家に置時計がチクタク動いている昼下がりは、無気味なむなしさといった静けさで、何だか地球の最後のように思えてならなかった」

一方、午後三時貨車に乗せられた彼の家族を含む日本人避難民たちは、四時ごろから、二十年ぶりという豪雨に襲われ、まるで大陸を走る池につかっているようなありさまになり果てていた。[56]

関東軍の一中隊長代理菅季治は奉天に駐屯していた。

「八月十五日、わたしは牧場の牛舎に牛を見にいった。まもなく中隊のA曹長がやって来て、停戦を知らせてくれた。わたしはしばらくぼんやりと牛の顔をながめていた。

兵器を片づけて鉄路警護学校に集結することになった。鉄路警護学校にゆくと、将校は建物の中で酒盛りをやっていた。

兵隊は、広場の天幕の中にいた。天幕の中で飯盒《はんごう》でつつましい食事をしている彼らを見た時、ふいにわたしは泣き出した。愚かで非人道的な支配者たちにもてあそばれてさんざんむごい目にあわされながら、自分

56　集英社＝〈昭和戦争文学全集1〉森繁久弥「森繁故郷に帰る」

たちの運命の不安さえ洩らさないで、飯盒のふたに飯を分け合っている彼ら――お人よしで働き者の人民大衆。『こんないい人間たちを、こんないい人間たちを』とわたしは涙声でいった。

わたしは将校たちが酒盛りをしている所に行った。そして大隊本部の副官に『酒をくれませんか、兵隊にやりたいんです』と言った。『おまえは、どこで』と彼は冷たく言い放った。『誰に向ってそんなことを言うのか知っているのか？』」[57]

北満愛琿《アイグン》にいた部隊の一兵士黒羽幸司は書く。

「詔勅を聞いた日は、意外に隊内の古参兵は平穏だったように思う。むしろ私たち応召兵の方が昂奮に殺気立った。毛織会社に勤めていたという――大学を出ているというそれだけの理由で、常に古参兵たちの悪意ある嘲罵《ちょうば》をあびていた四十過ぎの男が、熱っぽく、呪文のように私にいった。二十年後、また戦うんだ。おれたちはもう駄目だから、二十年後、お前、頼むぞ」[58]

二十年後は知らず、現在ただいま、その関東軍の救援を熱望しつつ、開拓民たちは惨劇に投げ込まれていた。

57　筑摩書房＝〈現代日本記録全集24〉菅季治「語られざる真実」

58　朝日新聞社＝〈父の戦記〉黒羽幸司「老頭児は再び帰らず」

吉林省扶余県にある来民村は熊本県出身者の開拓団であったが、未明から隣りの大里房子二部落の開拓民らが、満人たちに襲われたといって血まみれで逃げ込んで来たのを迎えて、混乱におちいった。午前八時、王家站の県警察から、団の引揚げに馬車三十台を貸与するという連絡を受けて副団長以下三人が受け取りにゆき、捕えられた。警察の日本人警官はすでに逃亡して、あとは満人警官ばかりであった。正午、団長以下四人が出頭を命じられ、団の警備銃を渡せば、監禁者を釈放するとあざむかれて、留守を守る団員宛に銃引渡しの命令書を書いた。

夜に入り、満人の大群が、銃、棍棒、鈍刀、農具をもって村を包囲した。開拓民らは水盃を交し、白鉢巻をしめてこれに備えた。やがて暴徒が来襲し、村民とのあいだに死闘が始まった。少年、女も木刀や木槍をもって戦った。村民たちはまだ日本の降伏を知らなかった。ただ関東軍の来援を待っていた。しかし刻々暴徒の群は数をまし、老人、子供、女たちは二棟に集められて自決をはじめ、豊田団長は血の涙を流しながらこれに火を放った。

……二昼夜抵抗をつづけたこの開拓団は、十七日夜、二百七十二人すべて全滅することになる。ただ一人逃れてこの悲劇を報告することが出来た宮本貞喜という男を除いて。

宮本貞喜はいう。

「襲撃が始まってから、女の人たちが炊いて持って来よったにぎりめしをほおばりながら、手あたり次第に鍋《なべ》や釜《かま》、肥料の石灰などを投げているので、ついうっかり、にぎりめしの方を投げてしもうたこともありましてな」[59]

三江省樺川県の、長野県木曾出身者の開拓村たる中和屯、洋犁庁屯では、夕五時過ぎからこれまた満人の暴動が起った。彼らは手に手に、刀、小銃、槍、まき割、大きな草刈り鎌、農耕用フォークをもって、女子供、老人に襲いかかった。

「匪賊《ひぞく》だ、匪賊だ」「人殺し」「助けて」

女たちは悲鳴をあげながら、次々にのどを刺され、頭を割られて倒れていった。団本部に応援を求めたが、電話線はすでに切られていた。脱出しようとした者は塀の上から小銃で狙い撃ちされた。暴徒は生き残った女子供たちを荒縄で縛りあげはじめた。[60]

59　番町書房＝角田房子「墓標なき八万の死者」、読売新聞社＝〈昭和史の天皇〉「開拓団の人々」

60　信濃毎日新聞社＝「平和のかけはし」

八月十五日、フィリピン、アシン河渓谷の司令部で天皇の放送を聞いた山下大将と武藤参謀長は深更まで話し合っていた。この二日間のあいだに、二人とも十年も年をとったように見えた。

やがて幕舎を出て来た武藤参謀長は、歩哨の役をしていた樺沢副官にささやいた。

「おい、樺沢、今夜は気をつけてくれ」

「はっ、わかっております」

「何がわかってるんだ」

樺沢は手で腹を切るしぐさをした。武藤は苦笑して、うなずいて去った。樺沢は中に入り、黙って隅の腰掛に腰を下ろした。山下大将はじろりと見ただけで声をかけなかったが、やがて寝台に横たわって、

「おい、もう帰って寝ていいよ」

と、いった。樺沢副官は動かなかった。

「閣下、今晩はここにおかして下さい」

山下は笑い出した。

「樺沢、心配するな。今さら俺一人が死んだってどうにもならんよ。それに俺には、ルソンにいる兵隊を一人でも多く日本へ帰すという大任が残っているのだからな」

といって、彼は静かに毛布をかぶった。[61]

「八月十五日の夜は、灯を消して床に就いてからも眠れなかった。闇に眼をあいていて夢のようなことを繰返し考えた」

四十八歳の大佛次郎は書いている。

「その闇には、私の身のまわりからも征《い》って護国の神となった数人の人たちの面影が拭い去りようもなく次から次へと浮かんで来た。出版社の事務机から離れていった友もいる。平穏な日に自分の行きつけた酒場で、よく麦酒を飲みかわし、愉快な話相手だった新聞記者の若い友人もあった。僕を見ると、目顔で笑って庖丁を取り、注文はしないでも私の好きな鯒《こち》に手際よく庖丁を入れてくれた横浜の『出井』の主人もいた。六大学のリーグ戦の時だけスタンドで顔を合わせ、仲善く喧嘩相手になって、シイズンが去るとともに別れてしまう不思議な交際の人もいた。和歌に

61　鹿鳴社＝栗原賀久「運命の山下兵団」

熱心な町のお医者さんもいた。その人たちとの心の交流が如何に貴重なものだったかという事実は、失って見てから切実に知ったことである。皆が静かな普通の町の人であった。

いつの日にかまた会おう。人なつこげな笑顔が、今も眼に見える。この次会う時は真心からつかみたいと願っていた手の体温も、死者の冷ややかさを覚えしめるのである。白い明け方の空に、一つずつ星が消えてゆくように、一人ずつ君たちは離れていった。

私の知っている人々のほかに、無限に地平に続く影の行進がある。その一人一人に父親がおり、妹や弟がいる。

切ない日が来た。生き残った私どもの胸をつらぬいている苦悩は、君たちを無駄に死なせたかという一事に尽きる。繕《つくろ》いようもなく傷をひらいたまま、私どもは昨日の敵の上陸を待っている。我々自身が死者のように無感動にせねばならぬ。しかも、なお、その時、君らの影を感ぜずにいられようか？

待っていて欲しい。目前のことは影として明日を生きよう。明日の君たちの笑顔とともに生きよう。その限り、君たちは生きて我らと共に在る」[62]

62 〈朝日新聞〉昭和二十年八月二十一日＝大佛次郎「英霊に詫びる」

解説　立体化されて迫る過去の現実

高井有一

小説家山田風太郎は、人間といふ生き物の生態に過剰なほどの関心を持ち、それを書き留めておかずにはゐられなかつた人のやうに見える。「戦中派不戦日記」を中心とする一連の青年期の日記、九百二十三人にも及ぶ古今東西の人の死にざまを調べ上げた「人間臨終図巻」、そしてこの「同日同刻」――。

「戦中派不戦日記」は敗戦の年、一九四五年を「一日ごとにありのまま、感じ見たことを記録した」日記である。その頁のなかには、時勢の動きに高揚し、悲憤し、時には自らの死を思ふ二十三歳の医学生山田誠也がゐる。「われらは死なん。死は怖れず。しかも日本の滅ぶるは耐え難し。白日の下悵然として首を垂れ、夜半一人黙然として想うは、ただ祖国の運命なり」(三月二十一日)、「将来どんなに惨めな闇黒の中で一人さびしく銃弾に死ぬ日があろうとも、自分は芝居がかった気持で勇ましく死んでゆこう。敵の面前に曳き出されて、死か降伏かを選ばなければならないときには、英雄的演技を以て死を選ぼう」（六月十七日）。かうした激語の間に、折りに触れて描かれる町や人の情景は、切なく美しい。切迫した日々が青年の感覚を研ぎ澄まし、否応なく鋭くさせてゐる気配がある。

「人間臨終図巻」の記述に、情緒的な思ひ入れは一切無い。取り上げた人物の臨終に実際に立ち会つた人の文章を多く引用し、自身の解釈も織り交ぜながら、医学者らしく死因を特定する。死に至る病のうち、最も目立つのは、結核と癌と糖尿病である。或いは骸骨に皮を張つたやうに痩せ細り、或いは浮腫のために極限まで膨らみ上つて死んで行く人々の苦しむさまを読むと、人の死は尊厳どころか、惨めで滑稽でさへあるものだといふ気がして来る。筆者が舌なめずりをしながら書いてゐるやうにも感じられる。

関川夏央の「戦中派天才老人・山田風太郎」のなかで山田風太郎は、臨終図巻は純粋に伝記的な興味から書き始めたのだが、若しかすると人の手本になるやうな死に方が見付かるかも知れないといふ気持がないでもなかつた、と語つてゐる。しかしそれだけで、この大冊を著はした理由を尽せるか、どうか。人の行蔵を評するとき、山田風太郎は、〝業《ごふ》〟といふ言葉を何度か使つた。「生きているかぎり、書かずにはいられない作家谷崎潤一郎の業」といふ風に。縁もゆかりもない人の死にざまに惹き付けられる所以も、この言葉でしか説明出来ないのかも知れない。

「同日同刻」は、太平洋戦争の最初の一日と、最後の十五日間に、日本、アメリカ、ヨーロッパの各地で起つた出来事を、信頼出来る記録にもとづいて再現する試みである。同日同刻の出来事を、空間の隔たりを超えて対照させる事によつて、見え難い過去の現実が立体的に見えて来る。例へば、日本海軍の飛行機が真珠湾を急襲したちやうどその時は、モスクワ戦線のドイツ軍が、ソ連軍の反撃と極寒に耐へ兼ねて、総退却を開始した時と重なるのである。何か暗示的ではないか。私はかつて戦時下の東京を舞台にした小説を書いたとき、この本を机辺に置いて、時代のイメージを把むのに役立たせた憶えがある。

真珠湾の戦果を知つて、日本国内は沸き立つた。興奮し、感動した作家の文章がいくつも遺されてゐる。作家は民衆の「語りべ」だと山田風太郎は言ふが、この日の文章の大半は彼等の名誉になるものではない。「ゆっくり、しかし強くこの宣戦布告のみことのりを頭の中で繰りかえした。頭の中が透きとおるような気がした」と高村光太郎。「言葉のいらない時が来た。必要ならば、僕の命を捧げねばならぬ」と坂口安吾。「この開始された米英相手の戦争に、予想のような重っ苦しさはちっとも感じられなかった。方向をはっきりと与えられた喜びと、弾むような身の軽さとがあって、不思議であった」と伊藤整。いづれも強制されて書いたものではない。アメリカに石油禁輸の制裁を受け、じり貧を怖れて暴発したに等しい戦争の前途に、一片の不安も抱いてゐないらしいのは不思議である。志賀直哉は、文士には安普請の人間が多い、と言ったさうだが、声を揃へて無邪気に万歳を叫ぶやうな現象は、そんな言葉を思ひ出させる。

日米開戦の報を受けたチャーチルは、その夜「救われて感謝に満ちたものの眠りを眠った」といふ。

一九四五年八月六日から十五日までを「日本の歴史における空前の酸鼻なる十日間」と山田風太郎は呼ぶ。六日八時十五分、広島に原爆投下。巨大な茸状の雲が立つ。「それは雲の上に屹立した山に、巨大な自由の神像が腕を空にあげて、人間の新しい自由の誕生を象徴しているかのようであった」と、W・L・ローレンス「0の暁」の一節を引いたあとに、山田風太郎は「アメリカ人のいう『人間の自由の誕生』の神像の足下に二十万人の日本人の屍体が積まれた」と書き加へた。さうせずにはゐられなかつたのだらう。

同じこの日、青森県三沢基地では、海軍陸戦隊と陸軍空挺隊をテニアン、サイパンに強行着陸させ、オートバイ、自転車でB29やガソリンタンクを焼払ふといふおよそ空想的な作戦の訓練が高松宮の台臨のもとに行はれてゐる。

九日午前零時を期して、ソ連極東軍が満洲と朝鮮に対し侵攻を開始。十一時一分には長崎に二発目の原爆。この日は日本にとつて真の意味で「一番長い日」となつた。徳川夢声は日記に一句を誌した。「日の盛り鍋に焼かるる胡瓜あり」。

ポツダム宣言受諾をめぐつて、指導部は混迷を極めた。陸軍を中心に、徹底抗戦、本土決戦論が噴出する。十日未明の御前会議で阿南陸相は、本土決戦は必敗とは限らぬと力説し、「それでも敗れんか、一億玉砕して日本民族の名を世界の歴史にとどめるのもまた本懐ではありませんか」と述べた。声涙ともに下る、といつた調子だつたさうだが、何と言葉が軽く使はれてゐることか。一億玉砕と言ひながら、彼の想像のなかに、殺される民衆の顔が泛んだ形跡はない。既に満洲では、辺境の開拓民の悲惨な逃避行が始まつてゐる。関東軍は足手纏ひになる民衆を棄てて真先に逃げ去つた。

日本政府が国体護持、つまり天皇制維持を条件にポツダム宣言の受諾を連合国に表明したのが十日午前十時。回答は十二日午前三時に来たが、そのなかの文言の解釈に関して、事態は紛糾した。「これより二日間にわたり、日本の中枢部は改めて熱狂の炎に吹きくるまれた」と山田風太郎は書く。陸軍の内部には「クーデターの妖雲」が立ちこめる。十四日に再度の御前会議。正午に至つてやうやく天皇の〝聖断〟が下された。

レイテ島の米軍捕虜収容所にあつて、既に十日に日本の条件付き降伏表明を知つてゐた大岡昇平は憤慨して、後年の小説「俘虜記」にかう書き付けた。「俘虜の生物学的感情から推せば、八月十一日から十四日まで四日間に、無意味に死んだ人達の霊にかけても、天皇の存在は有害である」。しかしこれはおそらく少数意見に過ぎない。日本人の大多数は、「戦中派不戦日記」の十一月十二日の項に「余思うに、日本人に天皇は必要である。われわれは八月十五日に於ける天皇に対する戦慄的な敬愛の念を忘れることは出来ない」とあるやうな感情を共有してゐた、と考へる方が自然だらう。「高見順日記」は、玉音放送を聞く直前に妻が「ここで天皇陛下が、朕とともに死んでくれと仰有ったら、みんな死ぬわね」と言ひ、自分もその気持だつた事を誌してゐる。

「同日同刻」は最後に、大佛次郎の「英霊に詫びる」の一節を引用して終る。四十八歳の大佛次郎は八月十五日の夜、眠れぬままに自分の「身のまわりからも征って護国の神となった数人の人たちの面影」を偲ぶ。その思ひは更に拡がつて、戦に死んだ無数の人たちへの悲傷の念につながる。「切ない日が来た。生き残った私どもの胸をつらぬいている苦悩は、君たちを無駄に死なせたかという一事に尽きる。繕いようもなく傷をひらいたまま、私どもは昨日の敵の上陸を待っている。我々自身が死者のように無感動にせねばならぬ。しかも、なお、その時、君らの影を感ぜずにいられようか？」

奥深い嘆きの声を伝へるこの文章によって稿を締め括つたところに、私は、〝戦中派〟山田風太郎の心の在りやうが察しられると思ふ。

本書は、一九七九年八月立風書房より刊行され、
一九八六年一二月文春文庫に収録された。

ちくま文庫

同日同刻《どうじつどうこく》
――太平洋戦争開戦《たいへいようせんそうかいせん》の一日《いちにち》と終戦《しゅうせん》の十五日《じゅうごにち》

二〇〇六年八月十日　第一刷発行
二〇一五年九月五日　第三刷発行

著者　山田風太郎（やまだ・ふうたろう）
発行者　山野浩一
発行所　株式会社　筑摩書房
東京都台東区蔵前二―五―三　〒一一一―八七五五
振替〇〇一六〇―八―四一二三
装幀者　安野光雅
印刷所　三松堂印刷株式会社
製本所　三松堂印刷株式会社

筑摩書房サービスセンター
埼玉県さいたま市北区櫛引町二―六〇四　〒三三一―八五〇七
電話番号　〇四八―六五一―〇〇五三

ISBN4-480-42247-1　C0195